Yaël Hassan

Quand Anna riait

W0338776

Illustré par Marcelino Truong

casterman POCHE

Pour Marc

Y. H.

1

La datcha

Chaque année, début juillet, la famille installe ses quartiers d'été à la Datcha, notre maison de vacances en bordure de la Marne. C'est là qu'habitaient mon grand-père Jacques et ma grand-mère Régine, avant.

Quand grand-mère est morte, grand-père a préféré venir s'installer chez nous, à Paris. Alors, maman, tante Noémie et oncle Daniel, avec l'accord de grand-père, ont décidé de refaire toute la maison, du sous-sol au grenier, et d'y passer désormais les week-ends et les vacances, tous ensemble.

C'est pour cette raison que nous l'avons baptisée « la Datcha », ce qui veut dire *maison de vacances* en Russie, pays dont la famille de mon grand-père est originaire.

En ce mois de juillet du premier été que nous allions y passer, il y avait à la Datcha mon grand-père, ma tante Noémie qui ne travaille pas, mes cousines Déborah, Clara et Noa, mes cousins Jérémie et Franck, et enfin moi, Simon.

Mes parents et le reste de la famille nous rejoignaient le week-end, avant de s'y installer également pour toute la durée du mois d'août.

C'était l'été, mais le beau temps n'était pas du tout au rendez-vous. Depuis près de deux semaines, la pluie tombait sans discontinuer, nous privant impitoyablement de promenades, baignades et randonnées à vélo.

Une véritable catastrophe ! Même le feu d'artifice du 14-Juillet avait été annulé pour cause d'intempéries...

Les vacances s'annonçaient donc des plus ennuyeuses et, après avoir épuisé tous les jeux de société et passé des heures devant la télé, nous errions comme des âmes en peine dans la maison, ne sachant plus que faire pour passer le temps.

Tandis que chacun essayait de se trouver une occupation, je m'étais, quant à moi, réfugié au grenier. J'avais toujours été attiré par le grenier de cette maison, mais, avant qu'elle ne soit refaite, je

ne m'y étais jamais aventuré, craignant de me retrouver nez à nez avec quelque souris, araignée ou autres vilaines bestioles dont je n'apprécie guère la compagnie.

Comme il avait été nettoyé et remis à neuf, je pensais être désormais à l'abri de ce genre de rencontre.

Armé d'une lampe de poche, je profitai donc de la léthargie quasi générale qui pèse sur la maison après le déjeuner pour m'éclipser.

2

LA PHOTO

Le grenier était plongé dans une semi-pénombre tandis que sur la lucarne la pluie tambourinait sans trêve. Il y traînait quelques vieux meubles bringuebalants que je me souvenais avoir vus trôner dans le salon, du temps de grand-mère Régine. Mon cœur se serra. Elle me manquait tant.

Dans un coin, j'aperçus quelques cartons, empilés les uns sur les autres. Que pouvaient-ils contenir ? Je me saisis du premier de la pile et me mis à l'explorer. À première vue, il n'y avait là que quelques vieux albums photos ; les visages sur ces photos m'étant inconnus, je me lassai vite de les compulser. Du temps de grand-mère Régine, j'aimais bien regarder celles qu'elle conservait précieusement dans des boîtes à biscuits et qu'elle montrait de temps en temps, quand la famille au grand complet était réunie pour les fêtes. Mais sur ces photos-là, il n'y avait aucune trace de grand-mère.

Au moment où j'allais refermer l'album et ranger le tout pour m'attaquer au deuxième carton, une photo, soudain, à la toute dernière page, a attiré mon attention.

On y voyait poser grand-père, qui devait avoir alors à peine plus de seize ou dix-sept ans, en compagnie d'une jeune fille brune. Elle était assise devant lui et grand-père, debout, avait les deux mains posées sur ses épaules. Je la trouvai jolie. Elle souriait. Un de ces sourires lumineux qui vous donnent envie d'être heureux. Grand-père souriait, lui aussi. C'était drôle de le voir avec cet air-là, un air insouciant que je ne lui connaissais pas. En voulant la regarder de plus près, la photo se détacha d'elle-même de l'album. Au dos, je pus lire alors, inscrit au crayon:

Anna et Jacques, le 4 juillet 1942.
Photolux-83, rue du Chemin-Vert. Paris.

« Anna » ? Qui était-elle ? Était-ce une sœur de grand-père ? Non, me dis-je, si grand-père avait eu une sœur, nous l'aurions su, tout de même. Alors, qui était cette jeune fille, cette Anna dont je n'avais jamais entendu parler ni prononcer le nom auparavant ?

— Simon ! Simon ! fit alors la voix de ma cousine Déborah, d'un an ma cadette et qui avait une sérieuse tendance à me coller aux baskets.

Elle déboula dans le grenier et, me voyant ma lampe à la main, elle s'esclaffa :

— Tu crois pas que t'y verrais mieux en faisant ce petit geste extrêmement simple ?

Elle poussa sur l'interrupteur et le grenier se trouva inondé de lumière.

— Je ne savais pas qu'il y avait de la lumière ici, lui répondis-je, penaud. Avant, il n'y en avait pas.

— C'est vrai, papa l'a installée quand ils ont refait la maison… Allez, fais pas la tête, je le dirai à personne ! Qu'est-ce que c'est ? demanda-t-elle alors en voyant la photo que je tenais encore en main.

— C'est une photo de grand-père avec une fille, lui répondis-je.

— Fais voir !

Elle me prit la photo des mains et l'examina.

— Elle est belle, hein ? me dit-elle.

— Ouais, vachement même !

— Qui c'est ?

— Elle s'appelle Anna.

— Tu la connais ?

— Non, mais c'est marqué au dos. La photo a été prise le 4 juillet 1942.

— Ouah ! Ça fait un bail ! Si on allait demander à grand-père qui est cette fille ?

— Non. Il ne sera peut-être pas content de savoir qu'on a fouillé dans ses affaires.

— T'as raison, Simon ! Alors, il faut mener l'enquête.

— Mener l'enquête ? Quelle enquête ? lui demandai-je, moqueur.

— Eh bien, on pourrait essayer de savoir qui elle est. Jouer au détective, si tu préfères. Ce serait chouette vu qu'on s'ennuie à mourir. Regarde ! Il y a le nom et l'adresse du studio où la photo a été prise. On pourrait y aller !

— Mais enfin, Déborah ! Cette photo a été prise il y a... cinquante-six ans ! Le studio n'existe certainement plus.

— Ce que tu peux être défaitiste, mon pauvre Simon ! Pour une fois que nous avions quelque chose de rigolo à faire. J'en ai marre de ces vacances ! Je veux rentrer à Paris, moi ! Il n'y a rien à faire, ici.

— Arrête de pleurnicher tout le temps ! Tu as dit la même chose à table ce midi et ça a fait de la peine à grand-père.

Déborah soupira. Je savais qu'elle en avait eu conscience mais ne l'avait pas fait exprès. Elle parlait souvent à tort et à travers, sans réfléchir et après, elle regrettait, mais c'était trop tard. Et grand-père avait beau lui dire qu'il faut toujours tourner sept fois sa langue dans sa bouche avant de parler, rien n'y faisait. Elle était incorrigible.

— Tu as regardé toutes les photos ? me demanda-t-elle, la mine boudeuse.

— Non. J'allais abandonner quand je suis tombé sur celle-ci. Mais ça vaut peut-être le coup de continuer. Il reste encore deux albums. J'avais aussi envie de jeter un œil aux autres cartons. Nous y trouverons peut-être des indices.

Voilà que je me prenais au jeu, moi aussi !

— T'as raison, Simon ! lança Déborah.

Les deux autres albums ne contenaient aucune autre photo d'Anna. Déborah m'aida ensuite à dégager le dernier carton. Mais au moment où nous allions nous y plonger, grand-père nous appela.

— Simon ! Déborah ! Où êtes-vous donc ? Il ne pleut plus et le soleil a enfin percé les nuages. Venez, nous allons faire un tour pour nous aérer un peu !

Nos regards se tournèrent alors vers la lucarne. Le soleil avait bien refait surface.

— Pas de chance ! Pour une fois qu'on s'amusait ! lança Déborah.

Je me mis à rire. Je trouvais parfois Déborah bébé malgré ses douze ans, mais elle était de loin ma cousine préférée.

— Allez viens ! lui dis-je en remettant tant bien que mal les cartons en place. On continuera au prochain jour de pluie. Et mon petit doigt me dit que nous n'aurons pas à attendre longtemps, vu comme c'est parti !

Sur ce, nous dévalâmes les escaliers à la rencontre de grand-père, qui nous attendait le ciré sur le dos, les bottes aux pieds et la canne à la main.

3

NOTRE SECRET

L'embellie fut effectivement de courte durée. Elle nous laissa juste le temps de faire une petite balade pendant laquelle la mystérieuse Anna occupa toutes mes pensées. Déborah marchait en tête, à côté de grand-père, lui tenant la main et papotant sans trêve. Tante Noémie suivait, encadrée par Clara et Noa. Venaient ensuite mes cousins, et moi qui fermais la marche, assez loin derrière. Mais Déborah ne tarda pas à laisser passer le groupe et attendit que je la rejoigne. Elle aussi pensait sans doute à Anna et avait envie que nous en parlions. Je ne voulais pas alerter la curiosité de grand-père et des autres, aussi lui conseillai-je de parler à voix basse.

— C'est drôle, me chuchota-t-elle, j'ai du mal à imaginer que grand-père ait pu connaître quelqu'un d'autre que grand-mère, qu'il ait eu une autre vie avec d'autres gens avant elle.

— C'est évident, pourtant. Tout le monde a une vie avant de se marier, lui répondis-je en haussant le ton, quelque peu agacé par sa naïveté.

— Qui parle de se marier ? demanda alors Noa qui avait ralenti le pas et qui marchait juste devant nous.

— De quoi je me mêle ? lui lança Déborah.

Et bien sûr, quand on s'en prenait à Noa, Clara, sa sœur jumelle, rappliquait aussitôt.

— Qu'est-ce que vous complotez tous les deux ? nous demanda-t-elle, l'œil soupçonneux. Vous croyez sans doute que nous n'avons pas remarqué vos messes basses ?

Le groupe de tête, formé à présent de grand-père, tante Noémie, Franck et Jérémie, s'arrêta pour nous donner le temps de les rattraper.

— Allez les filles ! Plus vite ! fit Franck moqueur en me regardant.

Je me contentai de hausser les épaules et ne répondis même pas à sa boutade. Il avait beau avoir quinze ans, celui-là, il était encore en plein dans l'âge bête, comme disait Déborah. Nous fûmes contraints de reporter la suite de notre conversation à plus tard.

Visiblement, nous étions d'accord sur un point: ne pas mettre les autres au courant. C'était ma découverte, et notre secret à tous deux.

C'est alors que la pluie reprit, nous forçant à rebrousser chemin au pas de course.

Tante Noémie nous prépara chocolat chaud et crêpes. Là, ce fut notre gourmandise qui nous retint à la cuisine.

Puis, au moment où nous allions nous éclipser, grand-père nous proposa, à Déborah et moi, une partie de nain jaune, son jeu préféré – avec ses partenaires préférés. Comment refuser ? Une partie en entraîna une autre et il nous fallut encore attendre la fin du dîner pour refaire une autre tentative d'échappée. En vain. Jérémie et Franck nous rappelèrent que nous étions tous deux de corvée de table.

— Tu sais, me souffla Déborah à l'oreille alors que nous remplissions le lave-vaisselle, c'est pas parce que la photo a été prise il y a cinquante-six ans que le studio a forcément disparu. Peut-être que le photographe a un fils ou même un petit-fils qui aurait repris l'affaire.

— Peut-être, mais vraiment je n'y crois pas. Et même si le studio existe, à quoi ça nous servirait ?

— Voyons, Simon ! me dit-elle en riant, t'as aucune imagination ou quoi ? On prend la photo, on va voir le photographe et on lui demande si elle lui dit quelque chose.

La naïveté de Déborah me laissait pantois.

— Mais que veux-tu qu'une photo prise en 1942 lui dise ? Surtout que le photographe qui l'a prise est probablement mort depuis belle lurette.

— Oh ! Mais tu m'embêtes à la fin avec ton pessimisme ! fit Déborah en haussant la voix. Si c'est comme ça, moi, je vais lui demander, à grand-père, qui est cette Anna.

— Anna ? De quelle Anna parles-tu ? s'étonna tante Noémie qui venait de faire irruption dans la cuisine.

Elle avait semblé surprise tout à coup, enfin, à ce qu'il me sembla.

— C'est… la petite amie de Simon. Elle est dans sa classe et il en est raide dingue ! lança Déborah avec un aplomb qui me coupa le souffle.

Elle arrivait toujours à se sortir royalement des situations les plus épineuses. Elle savait mentir avec une désinvolture inouïe.

— C'est un très joli prénom, Anna, répondit Noémie.

— Fais gaffe tout de même, t'as failli nous trahir ! reprochai-je à Déborah lorsque nous fûmes de nouveau seuls.

— Qu'est-ce qu'on fait, alors ? demanda-t-elle, découragée.

— On attend demain et on continue nos recherches dans les autres cartons. Dis, tu ne trouves pas qu'elle a eu l'air bizarre, tante Noémie, quand elle a entendu qu'on parlait d'une Anna ?

— Ouais. Elle doit savoir quelque chose. Si ça se trouve, cette Anna, tout le monde la connaît à part nous deux, alors qu'on s'imagine avoir découvert une belle et mystérieuse inconnue.

Déborah soupira. Elle y tenait vraiment, à son enquête.

— T'as peut-être raison. Si ça se trouve, Anna c'est un secret de polichinelle. Dommage... Et si c'était un secret de famille ? lançai-je alors pour réconforter ma cousine et piquer à nouveau sa curiosité.

— Comment ça ?

— Tu sais bien. Souvent dans les familles, il y a un secret. Quelque chose que toute la famille sait mais dont personne ne parle.

— Mais si toute la famille le sait, on le saurait nous aussi.

— Mais non. Nous, on est encore des enfants. Les secrets de famille, on ne les raconte pas aux enfants. Écoute, Déborah, le mieux c'est d'attendre demain, parce que si on monte maintenant tous les deux au grenier, les autres risquent de se poser des questions.

— Eh ! Vous venez, les comploteurs ! fit alors la voix de Clara ou de Noa vu qu'elles avaient exactement la même. Le film commence !

— T'as raison, Simon ! conclut Déborah. On reprendra nos recherches demain.

4

Le 16 juillet

Le lendemain matin, la maison resta longtemps endormie. Pour changer, il pleuvait à torrents et rien n'incitait à sortir du lit.

— Debout, Simon ! me fit soudain la voix de Déborah, sa bouche plaquée contre mon oreille.

Je bondis de frayeur.

— Mais t'es folle ! criai-je en me frottant l'oreille endolorie.

— La ferme ! hurlèrent en chœur les cousins en faisant voler qui une chaussette qui un chausson dans notre direction, sans doute pour nous faire comprendre qu'ils tenaient à dormir encore, eux.

Moi aussi, je serais bien resté encore un peu au lit, mais la curiosité fut la plus forte. La veille, avant de m'endormir, j'avais longuement pensé à la belle et mystérieuse Anna et m'étais persuadé qu'il y avait bien un secret caché derrière son sourire, comme celui qui se cachait derrière le sourire de Mona Lisa, la Joconde. Je me glissai à mon tour hors de la chambre, y laissant mes cousins rendormis, et descendis à la cuisine où Déborah prenait déjà son petit déjeuner en compagnie de tante Noémie et de grand-père.

— Bonjour, Simon ! me lança ce dernier. Te voilà bien matinal, toi aussi ! La journée s'annonce morose et je crains fort que nous ne puissions mettre le nez dehors. Enfin que *vous* ne puissiez mettre le nez dehors car, en ce qui me concerne, je serai absent toute la journée. Je vais à Paris.

Déborah me regarda, l'œil interrogateur.

— Vous allez à Paris ? demandai-je tout aussi intrigué qu'elle.

— Moi, je reste ici, répondit Noémie. C'est grand-père qui va à Paris.

— Tout seul ! s'exclama Déborah. Pas question ! Simon et moi on t'accompagne !

— Non, Déborah ! répliqua grand-père d'un ton ferme. Je me passerai de votre compagnie. Je suis assez grand pour aller à Paris tout seul et n'ai pas besoin de chaperon. Mais merci tout de même de t'inquiéter pour moi, ma chérie.

Sur ce, grand-père se leva, déposa un baiser sur le front de tante Noémie, puis sur le nôtre, prit sa canne et sortit.

— Il va faire quoi, grand-père, à Paris ? demanda Déborah à tante Noémie.

— La curiosité est un vilain défaut, Déborah, lui répondit-elle en riant. Allons, terminez votre chocolat et allez vite vous doucher avant que les autres se lèvent et qu'il y ait affluence !

— Prems ! hurla Déborah.

Avant même que je réagisse, elle avait disparu de la cuisine et nous l'entendîmes escalader les escaliers quatre à quatre.

Resté seul avec tante Noémie, je lui fis part de mon inquiétude au sujet de grand-père.

— Sois tranquille, Simon ! Grand-père a l'habitude de se déplacer seul. Cela fait plus de cinquante ans qu'il fait ce chemin-là seul, chaque année, le 16 juillet.

— Mais pour quoi faire ?

— Je l'ignore. Ni moi, ni ta mère, ni ton oncle ne l'avons jamais su.

— Et grand-mère ?

— Grand-mère… elle faisait comme si de rien n'était. Ce jour-là, il lui disait : « Je vais à Paris. Je ne rentrerai pas tard. Ne t'inquiète pas. » Elle se contentait alors de lui sourire et de le regarder s'éloigner par la fenêtre. Pourtant ils ne sortaient pratiquement jamais l'un sans l'autre. Surtout pour aller à Paris. Et quand il rentrait le soir, il ne lui soufflait mot de sa journée. Et elle ne lui posait aucune question. Nous pensions alors qu'ils attendaient peut-être que nous soyons couchés pour en parler. Alors, nous faisions mine de monter dans nos chambres tout de suite après le dîner et tendions l'oreille, toutes deux blotties dans les escaliers car Daniel, lui, n'avait pas notre curiosité. Mais rien ne se passait, pas le moindre mot n'était prononcé à ce sujet. Cela ne faisait qu'amplifier le côté mystérieux de la chose. Alors on s'est persuadées que grand-père avait un secret. Un secret que nous n'avons jamais réussi à percer.

— Vous ne l'avez jamais suivi ?

— Tu penses bien que ce n'était pas l'envie qui nous manquait. Mais grand-mère était vigilante. Elle nous avait surprises en train de comploter un plan pour le suivre. Aussi nous surveillait-elle de près, ce jour-là. Figure-toi qu'une année, en désespoir de cause, on avait chargé un copain de le suivre.

— Et alors ?

mercerie
petit bateau

— Alors, fit Noémie en éclatant de rire, ce fut la grosse déception. Il avait bien réussi à suivre grand-père mais pour nulle part, en fait. Grand-père a pris le train pour Paris, puis le métro jusqu'à la station Père-Lachaise. En sortant du métro, il a traversé la place Auguste-Métivier et s'est engagé dans la rue du Chemin-Vert. Il s'est attardé un moment à hauteur d'une des maisons, sans doute celle où il avait habité avec ses parents avant de se marier avec grand-mère. Puis il a rebroussé chemin. Il s'est alors installé sur un des bancs situés le long de l'avenue qui borde le cimetière du Père-Lachaise, et c'est tout. Enfin, nous n'en avons pas appris davantage car notre copain s'est alors lassé de planquer et il est rentré. Cela nous avait vivement contrariées. C'était donc pour revoir la maison où il avait vécu étant jeune qu'il venait là, chaque année, le même jour... Il n'y avait vraiment pas de quoi en faire un roman ! Cela ne représentait à nos yeux aucun intérêt. L'année suivante, cette traque nous sembla absurde et nous avons décidé de laisser son secret à grand-père.

— Et vous ne lui avez jamais posé directement la question, à grand-père ?

— Non. Tu sais, il n'a jamais été très causant et le

fait est que nous n'avons jamais osé lui en parler. Jusqu'à ce jour, tu vois.

— Et à grand-mère ? Pourquoi ne pas lui avoir demandé ?

— Là non plus, nous n'avons pas osé le faire. Quand elle s'était aperçue de notre manège le fameux jour où nous avions voulu suivre grand-père, elle nous avait regardées, ta mère et moi, d'une étrange manière. C'était un regard mêlé de tristesse et de tendresse à la fois. Et je crois que ce fut ce regard-là qui nous empêcha de la questionner. Puis, peu à peu, nous avons cessé de chercher à comprendre et découvrir quoi que ce soit. Mais quand il est tombé malade l'hiver dernier, il m'est arrivé de le veiller parfois. Et à plusieurs reprises, dans son sommeil, je l'ai entendu balbutier un prénom. Un prénom qui n'était pas celui de grand-mère, Régine, mais un prénom qui m'était inconnu.

— Lequel ? demandai-je, le cœur battant.

Tante Noémie planta alors son regard vert dans le mien comme pour obtenir de moi une réponse à ses propres questions, comme si elle se doutait que j'en savais bien plus que je ne le laissais paraître.

— Anna, finit-elle par dire dans un souffle.

Puis, plus fort :

— Oui, c'était ce prénom-là, Anna. Je ne connais personne de ce nom. Ta mère non plus. Et cela nous a intriguées, toutes les deux.

Rester impassible. Surtout ne pas laisser poindre le moindre signe d'émotion. Tante Noémie était plutôt fine mouche et peu encline d'ordinaire à ce genre de confidences. Elle avait probablement surpris une partie de la conversation que nous avions eue, Déborah et moi. J'essayai de me rappeler rapidement ce que nous y avions dit. Avions-nous parlé de la photo ? Tout s'embrouillait dans ma tête. Fort heureusement, c'est ce moment-là que Déborah choisit pour débouler dans la cuisine, les cheveux mouillés et hirsutes, une serviette sur les épaules et un coton-tige à la main.

— La salle de bains est libre ! claironna-t-elle. Vas-y Simon !

— Tu aurais pu finir ta toilette là-haut ! lui reprocha tante Noémie, visiblement contrariée d'avoir été interrompue. Il pleut, de toute façon. Rien ne pressait.

— Mais c'est toi, tantie chérie, qui m'as demandé de me dépêcher avant qu'il y ait la queue. D'ailleurs, j'ai entendu du bruit là-haut et je crois que les autres vont bientôt envahir la cuisine. Tu viens, Simon ?

J'avoue ne pas avoir demandé mon reste et j'ai suivi Déborah plus vite que son ombre, n'étant guère disposé à faire des confidences à ma tante.

Au premier, la salle de bains était occupée et Franck et Jérémie attendaient leur tour devant les toilettes en se tortillant à qui mieux mieux. En passant devant eux, Déborah leur fit:

— Pssss, pssssss...

Ce qui eut pour effet de les faire se tortiller davantage, pour son plus grand amusement.

— Déborah, arrête donc! lui chuchotai-je. J'ai plein de trucs à te dire. Viens, montons au grenier!

Elle ne se le fit pas répéter deux fois.

— T'as appris quelque chose? me demanda-t-elle alors que nous étions encore dans les escaliers.

Je déposai mon doigt sur ma bouche pour qu'elle se taise. Et ce n'est qu'une fois la porte du grenier refermée sur nous que je lui fis part de l'étrange conversation que je venais d'avoir avec tante Noémie.

— Rue du Chemin-Vert? T'es sûr?

— Complètement sûr!

— Mais c'est dingue ça! C'est aussi l'adresse de *Photolux*, le photographe d'Anna et grand-père.

— Ouais. Ce qui voudrait donc dire qu'Anna habitait aussi dans le coin, peut-être dans la même rue, peut-être même dans la même maison.

— Et peut-être qu'ils étaient dans la même classe, tous les deux ?

— Non, ça c'est pas possible. À l'époque les écoles n'étaient pas mixtes. Même du temps où maman était en primaire, elle n'était qu'avec des filles.

— Ouah ! quelle horreur ! fit Déborah, affichant une mine de dégoût. Bon, alors peut-être qu'ils étaient fiancés ?

— Peut-être oui, mais ils étaient vachement jeunes quand même.

— Mais s'ils l'étaient, pourquoi ne se sont-ils pas mariés ?

Là était toute la question, justement. Qui était donc cette Anna: une sœur, une cousine, une amie, une fiancée ? Et qu'était-elle devenue ? C'est ce qu'il nous fallait découvrir.

Profitant de ce que les autres déjeunaient, j'investis à mon tour la salle de bains où je me douchai en un temps record. Puis je rejoignis Déborah au grenier. Elle avait déjà entamé les recherches dans les autres cartons.

— T'as trouvé quelque chose ? lui demandai-je.

— Non, rien. Des paperasses, des cartes de vœux datant de Mathusalem, des lettres sans intérêt.

— Tu es sûre ?

— Oh ! regarde toi-même, si tu veux !

Je pris le carton et m'appliquai à le vider tandis que Déborah se perdait en suppositions plus farfelues les unes que les autres au sujet d'Anna et de grand-père.

Je ne l'écoutais que d'une oreille distraite, examinant avec soin chacun des papiers qui s'y trouvaient.

C'est alors que, sous une pile de vieilles factures, m'apparut un vieux cahier d'écolier à la couverture marron.

En le sortant du carton, quelques coupures de journaux s'en échappèrent. Déborah interrompit aussitôt son bavardage.

Nous avions à présent tous les deux les yeux fixés sur ce cahier que je tenais serré entre les mains. Nous nous regardâmes ensuite sans souffler mot, sachant à ce moment précis que ce cahier contenait sans doute la réponse à nos interrogations.

5

Le journal

Au moment où nous allions ramasser les coupures éparpillées autour de nous et ouvrir le cahier, quelques coups de Klaxon nous parvinrent aux oreilles.

— C'est maman ! m'écriai-je. Mais… elle ne devait venir que ce soir…

— Mince ! Rangeons vite tout ça et descendons ! J'ai pas envie qu'elle envoie les jumelles à notre recherche. Dépêche !

On ramassa en vrac les papiers épars qu'on remit précipitamment dans le carton. Alors qu'on atteignait à peine le palier du second étage, celui menant directement au grenier, Clara et Noa nous rejoignaient déjà. On l'avait échappé belle !

— Mais où étiez-vous encore fourrés ? nous demanda Noa, visiblement agacée.

— On discutait assis dans les escaliers, ne t'en déplaise, mademoiselle la fouineuse ! lui lança Déborah.

Noa haussa les épaules.

— Simon, ta mère est arrivée et te cherche partout, me dit-elle.

Puis, enjôleuse, elle ajouta :

— Allez, soyez sympas, dites-nous la vérité. Que faisiez-vous ?

— J'ai comme l'impression qu'ils étaient au grenier, moi, en train de farfouiller, lança alors Clara. Regarde donc leurs mains, pleines de poussière !

Il fallait absolument les empêcher de monter au grenier. J'avais peur soudain de ne pas avoir remis la photo et le cahier dans le carton. Déborah eut la même réaction que moi. Heureusement, elle était bien plus prompte à la détente. Agile comme un écureuil, elle se mit à grimper en direction du grenier, tandis que j'essayais de contenir mes cousines sur le palier en faisant un barrage de mes bras et en hurlant :

— Franck ! Jérémie ! À l'aide !

Les cousins, alertés, foncèrent aussitôt à mon secours et agrippèrent Clara et Noa qui se débattaient comme des diablesses. Nos cris et le remue-ménage attirèrent alors maman et tante Noémie, qui se mirent en devoir de défendre les filles. Une belle pagaille s'ensuivit.

En redescendant, Déborah lança en direction des jumelles rouges de colère :

— Après tout, vous n'avez qu'à y monter au grenier. Mais je vous préviens, vous n'y trouverez rien d'intéressant. Simon et moi sommes passés par là avant vous !

Maman se mit à rire.

— Je vois que vous ne vous ennuyez pas, les enfants ! Alors, Simon, tu ne dis plus bonjour à ta maman chérie ?

Maman s'approcha de moi et me prit dans ses bras malgré le fait que je la dépassais déjà d'une bonne tête, détail dont elle ne s'encombrait pas, en général.

— Salut, maman ! T'es venue plus tôt que prévu !

— Il n'y avait pas grand-chose à faire au bureau, alors j'ai préféré vous rejoindre. Papa arrive ce soir. Bon, on descend ou on passe le week-end sur ce palier ? J'ai faim, moi !

— Ça tombe bien ! fit tante Noémie. Le déjeuner est prêt ! C'est au tour de qui de mettre la table, les enfants ?

— Au tour des jumelles ! lança Déborah, les yeux pétillants de malice.

Et, tandis que les autres descendaient, Déborah sortit de sous son T-shirt le fameux cahier.

— Il va falloir le planquer ailleurs ! En plus, lui, on l'avait carrément laissé par terre !

— Mince ! Il s'en est fallu de peu pour qu'elles le trouvent. Qu'est-ce qu'on en fait ?

— Je sais pas, et je me demande bien quand est-ce qu'on va avoir le temps de le lire, ce cahier. Il n'y a jamais moyen d'être seuls dans cette baraque !

— Jetons-y déjà un coup d'œil, au moins ! Si ça se trouve, il n'est pas aussi intéressant que ça, ce cahier.

— C'est un journal, Simon ! C'est le journal de grand-père.

La nouvelle me bouleversa. J'eus honte de ce que nous étions en train de faire.

— Déborah, ça ne se fait pas de lire le journal intime de quelqu'un d'autre. Remettons-le à sa place et oublions cette histoire !

— T'es fou ! Après tout le mal qu'on s'est donné. Tu veux que les jumelles le trouvent et le lisent à notre place ? Écoute, Simon, si c'est vraiment très intime, je te promets que nous arrêterons la lecture quand tu voudras. Mais si grand-père a abandonné ce cahier, c'est qu'il ne contient rien de vraiment gênant, tu crois pas ?

J'avais tellement envie de me laisser convaincre que je me rangeai à son avis.

Il ne restait plus qu'à cacher le journal en lieu sûr. Finalement, je le mis dans une des poches de ma valise vide, qui passait l'été sous mon lit. On se méfiait bien trop des jumelles pour le cacher dans la chambre des filles.

Sur ce, on rejoignit le reste de la famille dans la grande cuisine et on déjeuna de bon appétit.

Entre-temps, le soleil était revenu et, cette fois, semblait décidé à briller pour de bon.

Après le déjeuner, maman et tante Noémie établirent le menu du dîner où la famille serait au grand complet et la liste des courses à faire.

Elles y envoyèrent les jumelles qui demandèrent à Franck et Jérémie de les accompagner.

Noa, se croyant intéressante, nous toisa d'un :

— Laissons-les à leurs gamineries, ces petits !

Ce qui, pour une fois, ne nous exaspéra nullement, vu qu'on n'attendait que cela.

Enfin seuls, je montai prendre le cahier dans ma chambre et, après avoir prévenu maman et tante

Noémie que nous sortions, nous allâmes nous réfugier dans la remise à outils qui se trouvait au fond du jardin. Là, au moins, personne ne viendrait nous chercher.

Avant de nous y installer le plus confortablement possible, il nous fallut procéder d'abord à un peu de rangement.

Puis, nous prîmes chacun un fauteuil de jardin que nous plaçâmes l'un contre l'autre. Enfin prêts, Déborah ouvrit le cahier.

6

Anna

Au début, il y avait des coupures de journaux.

Il s'agissait d'annonces d'avis de recherche passées dans différents quotidiens et hebdomadaires. Le texte en était toujours le même :

Recherche Anna Feigenbaum, ayant habité rue du Chemin-Vert de 1941 à 1942 et arrêtée avec sa famille lors de la grande rafle du Vélodrome d'hiver le 16 juillet 1942. Toute personne la connaissant est priée d'écrire au journal qui transmettra.

Cette même annonce fut passée pendant près de cinq ans, de 1945 à 1950.

— Voilà donc pourquoi grand-père se rend tous les ans, le 16 juillet, à la rue du Chemin-Vert, dis-je à Déborah. Il va y retrouver ses souvenirs d'enfance, le souvenir d'Anna.

— À moins qu'il espère encore la retrouver. On continue ?

— Oui. Comment veux-tu qu'on fasse ?

— Je propose qu'on lise chacun quelques pages, à voix haute et à tour de rôle.

— D'accord. Tu commences ?

Déborah acquiesça d'un signe de tête. Elle paraissait intimidée. Elle s'éclaircit la voix, ouvrit le cahier à la première page et lut :

Paris, le 26 août 1944

Paris est libéré depuis hier. La guerre semble finie, à en croire l'allégresse générale. Les Parisiens festoient dans les rues. Comme s'il y avait de quoi festoyer. Comme s'il y avait de quoi avoir le cœur à la fête. Le mien est à jamais en deuil d'Anna. Il le sera tant que je ne l'aurai pas retrouvée. Car je n'ai pas perdu l'espoir de la retrouver et je m'y emploierai jusqu'au bout de ma vie, qui n'aura plus qu'un seul et unique but désormais : retrouver Anna.

Déborah interrompit sa lecture.

— C'est beau hein ? me dit-elle.

— Oui. C'est beau mais c'est triste. Continue !

— Non, continue toi ! Moi, j'ai déjà envie de pleurer.

Je repris la lecture.

Je regrette tant de n'avoir pas commencé ce journal le jour où j'ai rencontré Anna. Mais j'étais alors tellement heureux, tellement occupé d'elle que cette idée ne m'avait même pas effleuré l'esprit. Si j'avais su ce qu'il adviendrait d'elle, ce qu'il adviendrait de notre histoire, j'aurais bien sûr consigné par écrit chacun des moments passés ensemble. Mais comment aurais-je pu le prévoir? Même aujourd'hui, en rédigeant ces notes, je garde encore en moi l'espoir de la retrouver. Car jamais je n'oublierai Anna et ne pourrai me résigner à son absence.

— Qu'est-ce qu'il écrivait bien, grand-père ! m'interrompit Déborah.

J'opinai de la tête et, impatient, lui fis signe de se taire. Je poursuivis :

Il me fallut plusieurs mois pour oser aborder Anna. Mais que sont quelques malheureux mois quand on n'a que quinze ans et toute une vie apparemment devant soi ? Ni l'un ni l'autre ne pouvions imaginer alors qu'il en serait autrement. Et aujourd'hui, je me reproche encore ma stupide timidité qui eut pour résultat de me

Photolux

priver de ces quelques jours de bonheur supplémentaires. Il peut sembler grotesque d'associer une notion de bonheur à une époque aussi troublée que cet été 1941. Mais je n'en avais jamais connu de tel. Seuls le sourire d'Anna, le regard d'Anna, le rire d'Anna font partie de mes souvenirs de guerre ; le reste, l'occupation, les tickets de rationnement, le marché noir, les restrictions, les combats n'ont guère laissé de traces en ma mémoire, ou si peu !

Nous habitions le même immeuble. Moi, depuis toujours ; j'y étais né. Elle, depuis quelques mois à peine. Je la croisais régulièrement dans la cage d'escalier qu'elle dévalait en chantonnant. Je ne savais rien d'elle. Ni son prénom ni son âge. Pourtant, mon cœur se mettait à battre à toute volée dès qu'elle arrivait à ma hauteur. Le « bonjour » dont elle me gratifiait à chaque fois, accompagné d'un large sourire, contenait tant de joie de vivre, tant de bonheur, que je m'en sentais éclaboussé à son passage. La regarder droit dans les yeux, répondre à son sourire, à son salut était au-dessus de mes forces. La seule chose dont j'étais alors capable, c'était de virer instantanément au rouge écarlate, tout en bredouillant des mots dont le sens même m'échappait.

Toutes les nuits, je me jurais bien sûr que dès le lendemain je l'aborderais. Je m'imaginais alors, entamant la conversation d'un ton désinvolte, lui parlant de la pluie et du beau temps, l'interrogeant sur ses goûts et ses lectures, la conseillant même ! Et chaque jour, je me dégonflais comme un ballon de baudruche ! L'aurais-je jamais abordée si elle n'avait fait les premiers pas ?

Cette fois, ce fut la voix de maman qui m'interrompit.

— Simon, Déborah ! Venez goûter ! criait-elle depuis la fenêtre de la cuisine qui donnait sur le jardin.

— Mais tu ne leur as pas dit qu'on sortait ? me demanda Déborah aussi agacée que moi.

— Bien sûr que je leur ai dit mais elles nous ont probablement vus entrer dans la cabane.

— Qu'est-ce qu'on fait, maintenant ?

— On y va. Il ne faut pas éveiller les soupçons. On n'a qu'à cacher le cahier ici. Personne ne viendra l'y chercher et on essaiera de revenir plus tard.

— Tu parles ! Ce sera râpé pour ce soir. Nos pères vont arriver, grand-père va rentrer et puis il faudra se mettre à table et passer la soirée en famille.

— Alors on continuera demain. On a toutes les vacances devant nous, Déborah !

— Parce que tu crois que je vais pouvoir attendre jusqu'à demain pour connaître la suite ? T'es vraiment un mec, toi ! Les histoires d'amour, ça te fait ni chaud ni froid. Tu te rends pas compte que c'est beau comme Roméo et Juliette, l'histoire de Jacques et d'Anna ?

— Bien sûr que je m'en rends compte et je suis aussi impatient que toi d'en connaître la suite, mais on n'a pas d'autre choix pour l'instant. Alors, viens et arrête de bouder !

7

La rafle du Vél' d'Hiv'

Déborah me suivit de mauvaise grâce. Mais dès qu'elle vit que grand-père était rentré, son visage changea d'expression. Le sien était égal à lui-même, sans changement notoire, et ce que nous appelions son pèlerinage à la rue du Chemin-Vert n'y avait laissé aucune trace particulière. Ou alors grand-père cachait bien son jeu, refusant de laisser deviner ses sentiments.

Il était bien sûr à mille lieues de s'imaginer que Déborah et moi connaissions déjà une partie de son histoire et que nous n'allions pas tarder à la connaître davantage.

Grand-père s'était attablé à la cuisine et maman lui avait servi son thé, qu'il buvait toujours bouillant à petites lapées sonores, ce qui nous faisait tellement rire, Déborah et moi, lorsque nous étions petits.

— Ça va, grand-père ? lui demanda Déborah.

Grand-père hocha la tête en esquissant un mince sourire.

— Il y avait foule au Vél' d'Hiv', dit-il au bout d'un moment.

J'ai regardé Déborah, retenant mon souffle. Noémie et maman semblaient elles aussi très étonnées.

— Tu es allé là-bas ? demanda maman.

— C'est quoi le Vél' d'Hiv' ? demanda Déborah.

— C'est l'abréviation du Vélodrome d'hiver, expliqua grand-père. C'est là que les juifs, pris dans la grande rafle de juillet 1942, furent parqués en attendant d'être transférés à Drancy, dans un premier temps, puis vers les camps de la mort. Le vélodrome n'existe plus, mais sur son emplacement a été érigé un mémorial où, aujourd'hui, on commémore la rafle, en citant les uns après les autres les noms de chacune des personnes déportées, avec la date de leur arrestation et le numéro du convoi qui les a emmenées. Je savais qu'ils le font chaque année, mais c'est la première fois que j'y assiste. J'ai été étonné du nombre de jeunes gens qui étaient là. Je ne pensais pas que les jeunes d'aujourd'hui pouvaient encore s'intéresser à cette époque.

— Et pourquoi pas, grand-père ? répliquai-je. Bien sûr qu'on s'y intéresse !

— Tu as été déporté, toi, grand-père ? demanda Déborah qui, à force de spontanéité, était terriblement maladroite.

Grand-père la regarda, l'air étonné, hésitant à répondre. Mais Déborah attendait sa réponse, son regard bleu rivé à celui, identique, de son grand-père.

— Non, je n'ai pas été déporté. Question de chance. En fait, nous n'avons jamais été recensés comme juifs. Mon père et ma mère avaient quitté la Russie juste après leur mariage. Ils n'étaient nullement pratiquants, avaient des prénoms russes et même leur nom de famille n'était pas particulièrement juif. Tous deux étaient blonds aux yeux bleus et personne ne s'est jamais douté de leur appartenance au judaïsme. Surtout qu'ils étaient réellement athées et ne possédaient chez eux aucun objet de culte. Ils sont donc passés à travers les mailles du filet. Moi-même, je n'ai pas été circoncis, je n'ai pas fait ma Bar-Mitsva[1] et je n'ai su que j'étais juif

1. *Bar-Mitsva*, à treize ans pour un garçon, ou *Bat-Mitsva*, à douze ans pour une fille : cérémonies marquant la majorité religieuse.

qu'après la guerre, lorsque j'ai rencontré votre grand-mère. Elle était secrétaire dans le cabinet d'avocats où j'ai fait mes débuts. Nous nous sommes fréquentés pendant longtemps. Un jour, ma mère m'a demandé si j'avais des intentions sérieuses envers elle. Je lui ai alors répondu que Régine était juive et qu'elle n'accepterait probablement pas de m'épouser puisque je ne l'étais pas. Elle s'est mise à rire et m'a dit que j'étais juif, moi aussi. Elle a alors sorti du fond de sa garde-robe, où elle l'avait cachée, sa Ketuba, son acte de mariage juif. Cette nouvelle me bouleversa à plus d'une raison...

La voix de grand-père s'étrangla. Il ne put poursuivre. C'était la toute première fois qu'il nous parlait de son passé, de sa rencontre avec grand-mère Régine. Et pendant qu'il parlait, je l'avais observé de manière attentive, essayant de retrouver derrière le visage ridé les traits du beau jeune homme qu'il avait été. Grand-père avait les yeux bleus, d'un bleu très clair comme si le temps les avait délavés, et ceux-ci s'emplirent de larmes. Il se leva alors et nous dit qu'il était fatigué, qu'il montait se reposer un peu jusqu'au dîner.

Dans la cuisine, nous restâmes tous un moment silencieux, surpris de ces soudaines confidences dont grand-père n'était pas coutumier. S'il nous écoutait volontiers, nous, ses petits-enfants, et n'était pas avare de conseils, il ne s'était jamais livré ainsi.

8

Confidences

Ce soir-là, après le dîner, maman me prit à l'écart.

— On fait quelques pas dans le jardin ? me proposa-t-elle.

Je la suivis, étonné.

— Dis-moi, Simon, me dit-elle, tante Noémie m'a dit que Déborah et toi, hier soir, parliez d'une certaine Anna, et que cela l'avait étonnée. Déborah lui a dit que c'est une fille dont tu es amoureux.

Maman me sourit en me regardant droit dans les yeux. Elle prit mon trouble pour un aveu.

— Dis donc, poursuivit-elle, te voilà bien cachottier !

— Déborah dit souvent n'importe quoi ! dis-je pour me défendre, tout en me demandant s'il fallait la laisser croire à cette histoire.

— Bon, ne te crois pas obligé de m'en parler. Tu as droit à ton jardin secret. Tout le monde a un jardin secret. Mais ce prénom-là nous a rappelé que lorsque grand-père était tombé malade, l'hiver dernier…

— Je sais. Tante Noémie m'a expliqué.

Je saisis la perche que maman me tendait pour prolonger les confidences…

— Maman, parle-moi de grand-mère Régine ! Elle était où pendant la guerre ?

— Ta grand-mère était cachée dans une famille à la campagne. Elle avait de faux papiers et a passé toute la guerre chez ces gens, un couple de paysans sans enfants qui avait accueilli plusieurs jeunes réfugiés parisiens. Quand la guerre fut terminée, elle avait dix-huit ans, ses parents avaient disparu dans la tourmente et elle ne retrouva qu'un oncle, avocat, qui lui proposa un emploi de dactylo quand il eut rouvert son cabinet. C'est là qu'elle a connu ton grand-père, quelques années plus tard. Elle en est tombée tout de suite très amoureuse, mais, comme il te l'a dit, elle ne savait pas qu'il était juif. De plus, il ne la regardait même pas, comme s'il ne l'avait pas remarquée. Il semblait toujours lointain et distant. Mais peu à peu, à force de gentillesse et de patience, elle a réussi à l'apprivoiser. Elle sentait qu'il n'était pas amoureux d'elle, mais elle se disait que cela viendrait avec le temps. Elle a eu raison. Ils ont fini par se marier et grand-père l'a beaucoup aimée, à sa façon. C'est grand-mère qui nous a raconté leur histoire, à ta tante Noémie et à moi. On la lui réclamait sans cesse, et elle la racontait si bien.

— Et cette habitude qu'il a de se rendre à Paris, chaque année le 16 juillet, comme aujourd'hui ? demandai-je sur ma lancée, avec ce terrible besoin que j'éprouvais, depuis que nous étions tombés sur son journal, de tout savoir de lui.

J'espérais juste que maman ignorait que j'avais déjà posé la même question à tante Noémie. Mais il était nécessaire que j'extirpe de chacune d'elles le moindre détail, ce qui aurait pu échapper à l'une ou à l'autre. Peut-être même, pensai-je, que grand-mère Régine s'était davantage confiée à l'une ou l'autre de ses filles.

Heureusement, maman ne s'étonna pas et poursuivit :

— Nous avions effectivement remarqué que chaque année, le 16 juillet, il disparaissait pour toute la journée. Nous avions découvert où il se rendait, mais n'avons jamais su pourquoi. Une chose est sûre, c'est qu'il rentrait à la maison, ce jour-là, l'humeur triste. Ce qui est étrange, également, c'est que le 16 juillet est la date de son anniversaire. Mais il a toujours refusé que nous le lui souhaitions. Il a toujours refusé de le célébrer, ce qui nous chagrinait beaucoup étant enfants.

— Et grand-mère ne vous a jamais fourni d'explications ? demandai-je encore.

— Non. Je suis sûre que ton grand-père ne lui a jamais fait la moindre confidence. Mais ce dont je suis presque sûre, également, c'est que ta grand-mère lisait en lui comme dans un livre ouvert et aura probablement deviné ce qu'il cachait. Mais elle savait qu'elle ne se l'attacherait pas en le harcelant de questions.

Maman leva alors la tête en direction de la fenêtre de la chambre de grand-père qui donnait sur le jardin. Je remarquai que, si la lumière en était éteinte, une lueur légèrement dansante l'éclairait.

— Tu vois, il a allumé une bougie du souvenir[2], ainsi qu'il le fait chaque année à cette date.

---

2. On allume des bougies du souvenir lors de la date anniversaire du décès des défunts proches et aux principales fêtes juives.

— Une bougie du souvenir, mais pour qui ? Pour grand-mère ?

— Non, cette bougie-là, celle du 16 juillet, brûlait déjà quand nous étions enfants.

Maman se tut, le regard toujours fixé en direction de la chambre de grand-père.

Puis elle poursuivit, songeuse, comme si c'était à elle-même qu'elle s'adressait :

— Le nom de cette flamme-là pourrait bien être Anna.

Ses yeux se reportèrent alors sur moi. Elle me sourit.

— Un autre détail me revient, me fit-elle. Je te raconte ?

J'acquiesçai avec empressement.

— Un jour, alors que nous étions allés dîner chez notre grand-mère Sacha, c'est-à-dire, la maman de grand-père, elle avait sorti une ravissante petite nappe à thé blanche qu'elle s'apprêtait à disposer sur la table du salon. Ton grand-père a soudain blêmi, s'est levé et a crié qu'il ne voulait pas de cette nappe-là. Nous, les enfants, étions stupéfaits. Notre grand-mère a rougi, s'est excusée et a changé de nappe. Ta grand-mère Régine, quant à elle, a semblé émue l'espace d'un instant, mais elle a très vite retrouvé son visage paisible. À la première occasion, nous avons reparlé à notre grand-mère de cet incident. Je crois qu'elle était prête à tout nous raconter, à nous, ses petites-filles, mais elle s'est retenue. Sans doute à cause de sa belle-fille qu'elle adorait et à qui elle n'aurait jamais voulu faire de peine. Elle s'est alors contentée de nous dire en soupirant : « Il l'aimait tant. » C'était donc qu'il y avait bel et bien eu quelqu'un dans la vie de ton grand-père avant. Et ce quelqu'un s'appelait probablement Anna. Tu vois, ce qui me fait le plus de peine, c'est qu'il emportera son secret avec lui et que nous n'en saurons jamais plus.

Elle soupira, visiblement attristée. Si Déborah n'avait pas déboulé à ce moment précis, je crois que je lui aurais dévoilé nos trouvailles, juste pour effacer ce chagrin-là de ses yeux. Mais ma chère cousine m'évita de commettre le pire. Et je me consolai aussitôt en me disant que, contrairement à ce qu'elle pensait, ma mère connaîtrait la vérité un jour ou l'autre.

9

Jacques et Anna

Il nous fallut attendre le lundi matin pour pouvoir retourner, Déborah et moi, à la remise. Tout le week-end, il avait fait un temps superbe et nous l'avions passé en pique-nique au bord de la Marne.

Ce lundi-là, nous n'étions d'aucune corvée. Nous nous étions donc levés de bonne heure, et après avoir pris le petit déjeuner en compagnie de grand-père et de tante Noémie, nous nous étions éclipsés de la manière la plus discrète possible après nous être assurés que nul ne nous avait vus partir en direction du fond du jardin. Nous avions donc toute la matinée devant nous. Un bonheur !

Avec des gestes mesurés, Déborah sortit le cahier de sa cachette – il s'agissait plus que jamais d'un objet extrêmement précieux qu'il fallait manipuler avec infiniment de précaution.

C'était à son tour de lire.

Jamais, je crois, je n'oublierai les premiers mots qu'elle m'adressa, comme jamais je n'oublierai aucun des instants que nous vécûmes ensemble par la suite.

— Pourquoi toi être si rouge quand vois moi ? me demanda-t-elle dans le plus extraordinaire des accents fait de R délicieusement roulés et de syllabes chantées. Toi, honteux ?

— Euh... Non, moi pas honteux, fus-je seulement capable de lui répondre, affichant sans nul doute mon air le plus crétin.

— Alors, toi dire moi, nom et âge ! poursuivit-elle en s'installant sur une des marches de l'escalier et me faisant signe de l'imiter.

— Je m'appelle Jacques et j'ai presque quinze ans, parvins-je à dire dans un souffle.

— Moi c'est Anna ! Je crois moi presque quinze aussi.

— Tu crois, seulement ? Tu n'es pas sûre ? Tu ne connais pas la date de ton anniversaire ? lui demandai-je d'une voix bien plus assurée, comme si le fait qu'elle ne connût pas sa date de naissance me conférait une soudaine supériorité.

— *Qu'est-ce que c'est* anniversaire ?

— *Anniversaire ? C'est ta date de naissance, pardi !*

— *Qu'est-ce que c'est* pardi ?

— *Pardi ? C'est une expression. Mais comment se fait-il que tu ne connaisses pas ta date de naissance ?*

— *Je connais environ ! Moi née deux semaines avant Tishe B'ov.*

— Tishe *quoi ?*

— *Tishe B'ov ! répéta Anna en riant.*

Et le rire d'Anna c'était le soleil en prime.

— Et le rire d'Anna c'était le soleil en prime, répéta Déborah complètement bouleversée.

Je l'étais presque autant qu'elle, mais pour un garçon, montrer ses larmes, c'est plutôt nul, pensai-je.

— Continue ! lui dis-je d'une voix que je voulais ferme mais qui sortit toute chevrotante.

Déborah, toute à son émotion, ne remarqua pas la mienne, et poursuivit :

— *Tishe B'ov c'est fête chez nous ! Fête triste !*

Triste, avait-elle dit, et je m'étonnai aussitôt qu'il pouvait y avoir quelque chose de triste dans la vie d'Anna.

— Mais c'est quand cette fête ?

— Été, juillet, août, ça dépend, ça change ! Mais sur récépissé séjour marqué 16 juillet !

— Le 16 juillet ! Mais alors, nous sommes nés le même jour ! Nous pourrons fêter notre anniversaire ensemble !

— Qu'est-ce qu'on fait quand on fête anniversaire ?

— Euh... Tu verras. C'est une surprise.

Anna se leva alors, me regarda droit dans les yeux, me gratifia du plus éclatant des sourires qui m'aient jamais été donnés et s'en alla en me plantant là, pantois ! Puis, après avoir monté quelques marches, elle me lança:

— Moi, aimer beaucoup surprises !

— Anna, quand se revoit-on ? eus-je le courage de lui crier après avoir recouvré soudain mes esprits éparpillés.

— Tous les jours ! Moi, voir toi tous les jours !

— Oh ! C'est trop beau ! dit Déborah en interrompant sa lecture, le cahier serré sur sa poitrine, avec cet air béat qu'ont parfois les filles. C'est vraiment trop beau, tu trouves pas, Simon ?

J'opinai de la tête et lui pris le cahier. C'était à mon tour de lire. Je respirai profondément pour retrouver une voix claire.

Chaque mot, chacune de ses intonations, chacun de ses rires, de ses soupirs me sont encore gravés en mémoire et me tintent sans cesse aux oreilles.

J'avais décidé d'offrir à Anna sa première fête d'anniversaire. Au fil des jours qui suivirent, au cours de nos rendez-vous quotidiens sur les marches de l'escalier entre le troisième et le quatrième étage, je découvris peu à peu ce qu'avait été sa vie jusque-là.

Elle était originaire d'un petit village de Pologne dont je suis encore incapable aujourd'hui de prononcer le nom. Elle était arrivée en France en 1939, de justesse, avant que la guerre éclate. Elle vivait avec sa mère, couturière, et son petit frère. Elle ne me parla jamais de son père. Je n'osais pas lui poser de questions. Elle se livrait en désordre, parlant tantôt de sa vie là-bas, se taisant soudain, puis enchaînant sur d'autres événements sans aucun lien les uns avec les autres. Suivre Anna dans le labyrinthe de ses pensées n'était pas chose aisée. Cela devint bientôt un jeu pour moi. Tous les soirs avant de m'endormir, j'essayais de mettre de l'ordre dans ce qu'elle m'avait raconté, essayant d'établir une chronologie.

Dans la journée, Anna aidait sa mère qui exerçait son métier de couturière à domicile. Elle avait installé sa petite machine dans la pièce qui leur servait à la fois

Truong

de cuisine, d'atelier, de salle de séjour et de chambre. Mon appartement, bien que modeste, semblait un palais comparé au sien. Mais cela ne semblait pas la gêner. Je m'étonnai aussi en découvrant qu'Anna n'avait rien à elle, aucun objet qui ne lui appartînt en propre, hormis ses vêtements ! Ni livres, ni colifichets, ni babioles. Rien.

— Où moi mettre babioles ? me dit-elle, alors que je m'inquiétais de cet état de choses. Quoi faire avec babioles ? Moi, pas le temps. Juste le temps de parler avec toi, parfois, dans escalier. Alors, pas besoin babioles.

Et Anna avait ri.

Et le rire d'Anna c'était le soleil en prime.

— C'est vrai que son sourire m'a frappé sur la photo, dis-je à Déborah. Et je trouve que grand-père en parle merveilleusement bien.

— Normal, remarqua Déborah, on parle toujours bien des gens qu'on aime.

Alors que j'allais reprendre la lecture, nous entendîmes tante Noémie, aidée des jumelles et des cousins, nous appeler à qui mieux mieux.

— Mais on peut pas rester deux secondes tranquilles dans cette baraque ? s'écria Déborah, rouge de colère. Mais qu'est-ce qu'ils veulent encore ?

— Viens, allons les rejoindre avant qu'ils viennent jusqu'ici ! Nous continuerons plus tard.

Cette fois, on ne regretta pas d'avoir été dérangés. Nous partîmes tous pour une fabuleuse promenade en barque dont nous ne revînmes qu'en fin de journée, la peau dorée et le ventre creux.

En arrivant à la Datcha, nous entendîmes un bruit de moteur tandis qu'une odeur d'herbe fraîchement coupée vint nous caresser les narines. Grand-père, qui était resté à la maison, était en train de tondre la pelouse !

— Mon Dieu ! s'exclama Déborah, en réagissant la première.

Son regard me glaça. Effectivement, c'était dans le bac à herbes de la tondeuse que nous avions dissimulé le cahier ! Et tandis qu'elle s'élançait, je restai, moi, figé sur place comme une statue de sel.

10

L'ANNIVERSAIRE

Grand-père venait à peine de commencer la tonte et il n'avait pas encore eu à vider le bac.

— Voyons, grand-père ! entendis-je Déborah lui dire d'un ton grondeur, ce n'est pas raisonnable de passer la tondeuse. Tu sais que tu as le dos fragile. Manquerait plus que tu nous fasses un lumbago !

Elle avait dit cela avec un tel sérieux que grand-père éclata de rire. C'était rare de le voir rire ainsi.

— Mais si je ne tonds pas, qui le fera ? protesta-t-il pour la forme.

— Simon et moi ! On adore tondre, hein, Simon ?

Je parvins à acquiescer. Déborah prit la tondeuse des mains de grand-père, le poussa vers la maison et nous en fûmes quittes, malgré notre extrême fatigue, pour passer encore deux heures au jardin à tondre la pelouse. Entre-temps, nous avions récupéré le cahier dont la couverture avait viré du vilain marron au kaki le plus laid, mais nous n'eûmes à déplorer aucun autre dégât.

Dès le lendemain matin, nous pûmes reprendre notre lecture en toute quiétude. De plus, comme nous avions tondu la pelouse, nous fûmes dispensés de corvée pendant deux jours. Et ça, c'était vraiment génial !

Déborah, préférant écouter que lire, me céda sa place.

Tout en passant le plus de temps possible en sa compagnie, je préparais en secret notre soirée d'anniversaire. Il m'avait fallu mettre mes parents dans la confidence. Heureusement, ils ne firent aucune difficulté. Bien au contraire, ils m'encouragèrent, et ma mère me prêta main-forte. Je leur avais présenté Anna, un jour qu'ils nous avaient trouvés tous deux en grande discussion dans l'escalier.

— Vous ne pensez pas que vous seriez mieux au salon pour discuter ? nous dit papa.

Et Anna m'avait suivi, à peine intimidée, toujours souriante et gaie. Mes parents étaient tombés sous son charme, comme chaque personne qui la croisait.

On ne pouvait pas s'empêcher d'aimer Anna.

Quand il fut question de cadeau, je me trouvai devant un problème qui me sembla insurmontable. Qu'offrir à Anna ? Que peut offrir un jeune homme à une jeune fille pour son anniversaire, à la fois son tout premier anniversaire et celui de ses quinze ans ? C'est encore ma mère qui vint à mon secours, m'offrant une très jolie paire de boucles d'oreilles qui lui appartenait sans doute mais que je ne l'avais jamais vue porter.

— Tiens, je te les donne, me dit-elle en souriant. C'est de la fantaisie, mais je suis sûre qu'elles lui plairont. De plus, elles sont du même turquoise que ses yeux.

Le jour tant attendu arriva enfin. J'avais remis mon carton d'invitation, soigneusement calligraphié, à Anna quelques jours auparavant.

— Qu'est-ce que c'est ? m'avait-elle demandé.

— C'est l'invitation à notre anniversaire.

— Et c'est quand ça ?

— C'est écrit, regarde ! Je t'attends le 16 juillet 1941 à 18 heures. Le reste, c'est une surprise.

— D'accord ! Je viendrai.

Quand, à dix-huit heures précises, Anna frappa quelques coups discrets à la porte, je sentis mon sang se glacer. Stoïque, les genoux tremblants et la gorge serrée, je me dirigeai vers l'entrée, sentant le sourire légèrement ironique de mes parents me suivre au travers de la pièce. J'ouvris d'un geste que je voulus ferme. La silhouette d'Anna se dessina dans l'embrasure. Elle portait une robe rouge à petits pois blancs, serrée à la taille, qu'elle avait extrêmement fine, par une large ceinture. Ses cheveux bruns, qu'elle avait généralement attachés, lui tombaient libres et bouclés sur les épaules. Il me sembla n'avoir jamais vu d'image plus saisissante de la beauté. Je serais resté ainsi des heures à la contempler.

Après avoir salué mes parents qui s'éclipsèrent aussitôt, elle me suivit au salon où, aidé de ma mère, j'avais dressé une table dont je n'étais pas peu fier ! Assiettes de porcelaine, couverts en argent, verres en cristal, le tout reposant sur une ravissante nappe à thé blanche brodée. Dans son assiette, sous la serviette, j'avais déposé mon cadeau.

— Qu'est-ce que c'est ? demanda-t-elle avec cette intonation dans la voix que je connaissais déjà par cœur.

— C'est ton cadeau d'anniversaire !

— Mais moi j'ai pas apporté cadeau à toi !

— Ce n'est pas grave. Chez nous, il n'y a que les garçons qui offrent des cadeaux aux filles pour leur anniversaire.

Si je m'étonnai aussitôt de l'aplomb avec lequel je lui mentis, je fus franchement fier d'avoir trouvé aussi facilement l'argument qui la mettrait à l'aise.

Ce fut mon premier et mon dernier mensonge à Anna.

En découvrant les boucles d'oreilles, Anna fut bouleversée. Elle se leva, fit le tour de la table et, les larmes aux yeux, me passa ses deux bras autour du cou. Elle déposa un baiser furtif sur chacune de mes joues qui s'enflammèrent tandis que mon cœur s'affolait dans ma poitrine.

— Jacques, jamais moi recevoir si joli cadeau. Je te merci beaucoup. Moi garder bijou toute ma vie.

Séchant alors ses larmes d'un revers de main, elle se planta devant le miroir et accrocha ses boucles d'oreilles. Puis, elle se mit à rire et tourbillonner autour de la pièce.

Et le rire d'Anna, le bonheur d'Anna, c'était le soleil en prime !

Côte à côte, main dans la main, nous soufflâmes nos bougies plantées sur l'énorme gâteau préparé par maman, qui s'était probablement donné bien du mal pour trouver les ingrédients nécessaires à sa confection.

— Il y a quinze bougies, Anna, quinze parce que nous avons tous les deux quinze ans !

Qu'en aurait-il été de cette fabuleuse soirée d'anniversaire, si nous avions su alors qu'elle ne serait suivie d'aucune autre ? L'aurions-nous vécue plus intensément encore ? Mais nous étions alors si insouciants.

Enfin, je l'étais, moi. Et il m'aura fallu plusieurs années pour réaliser qu'Anna savait déjà, qu'elle pressentait sourdement ce qui l'attendait. C'est pourquoi elle s'appliquait à vivre intensément au jour le jour, à transformer la grisaille de son quotidien et l'angoisse du lendemain en faisant de chaque instant une véritable fête. Si cette soirée d'anniversaire fut la seule et unique que connut jamais Anna, elle fut pour moi la dernière. Jamais plus depuis je n'ai fêté mon anniversaire.

— Pauvre grand-père ! s'exclama Déborah en larmes. Il n'a plus jamais fêté son anniversaire parce que le fêter sans Anna lui semblait inconcevable, insupportable.

Je poursuivis, profondément ému moi aussi :

Je ne vis pas défiler l'année qui suivit, que je consacrai entièrement à Anna. Chaque minute passée loin d'elle me faisait l'effet d'un monumental gâchis. Anna n'était pas aussi disponible que je l'aurais souhaité. Elle aidait sérieusement sa mère, aussi bien à la couture qu'aux tâches ménagères. Dès que je revenais du lycée, je montais quatre à quatre les étages qui me séparaient d'elle, et m'installais dans la cuisine, aidant Joseph, le frère d'Anna, à ses devoirs. Anna parlait sans cesse, posait mille questions, puis, délaissant soudainement son ouvrage, son regard se perdait et elle restait quelques instants si profondément plongée dans ses pensées, que ni sa mère, ni Joseph, ni moi n'osions alors troubler le silence. Dans ces moments-là, je n'avais qu'une envie : me lever et la serrer dans mes bras.

Je l'emmenais souvent au cinéma. Il me fallut du temps pour oser poser mon bras autour de ses épaules. Puis, cela devint un rituel. Je l'enlaçais, elle posait alors sa tête sur mon épaule et nous restions ainsi pendant toute la durée de la séance.

Je me mis bientôt à espérer les alertes. C'était pour moi une occasion supplémentaire d'avoir Anna à mes côtés. Dès que les sirènes retentissaient et déchiraient la nuit, tout l'immeuble descendait à la cave. Il y faisait froid et humide. Les enfants pleuraient, les adultes, le visage fermé, se taisaient. Et Anna, blottie contre moi, frissonnante dans sa longue chemise de nuit blanche, serrant un châle sur sa poitrine, chantonnait dans cette langue yiddish que je ne comprenais pas. Tous alors se taisaient et l'écoutaient.

Nous étions au mois de juin. Notre nouvel anniversaire approchait. Je le voulais grandiose, inoubliable. J'allais avoir seize ans et j'étais fou amoureux !

Je me tus, la gorge serrée. Déborah, recroquevillée dans son fauteuil, resta songeuse, perdue dans ses pensées. Je ne pus reprendre ma lecture. J'avais peur de la suite. Même si je la devinais, je ne voulais pas qu'elle se concrétise. J'aurais presque préféré en rester là.

— Si on arrêtait un peu ? proposai-je.

— T'as raison, Simon ! Viens, sortons d'ici et allons courir au bord de la Marne. J'ai besoin de grand air et de grands espaces. J'ai besoin de liberté ! hurla Déborah en s'élançant vers l'extérieur et bondissant comme un cabri.

11

L'ÉTOILE JAUNE

Pendant plusieurs jours, nous fûmes incapables de retourner à la remise. Le cœur n'y était pas. Nous évitions même de parler d'Anna. En revanche, nous entourions grand-père de toutes les attentions et prévenances. Cela n'avait d'ailleurs pas l'air de lui déplaire.

— Grand-père, depuis combien de temps tu habites ici ? lui demanda Déborah, un après-midi de promenade.

— Cela fait bien longtemps. Nous avons emménagé dans cette maison, ta grand-mère et moi, en 1952, lorsque nous nous sommes mariés et que j'ai ouvert ici mon cabinet d'avocat.

— Et t'habitais où avant ?

— Avant mon mariage, j'habitais avec mes parents à Paris, rue du Chemin-Vert. Mes parents y habitaient déjà bien avant ma naissance. Et lorsque je me suis marié et installé ici, mes parents y sont encore restés jusqu'à leur mort.

— Et pourquoi tu n'es pas resté à Paris ?

— Je tenais à m'en éloigner... répondit-il, et son regard se perdit dans le vide.

Puis il reprit :

— Mais dites donc les enfants, je trouve que vous me posez beaucoup de questions ces derniers temps ! D'où vous vient cette subite curiosité ?

Comme d'habitude, ce fut encore Déborah qui nous tira de ce mauvais pas.

— Écoute, grand-père, lui dit-elle, est-ce que tu pourrais garder un secret ?

— Bien sûr ! répondit grand-père, très sérieusement.

— Eh bien voilà : Simon et moi écrivons un livre !

Je la regardai, les yeux écarquillés.

— Comme il faisait mauvais au début des vacances, poursuivit-elle sans vergogne, et qu'on n'avait rien à faire, alors, Simon et moi, on a pensé que ce serait chouette d'écrire un livre. Et on a pensé que ce serait chouette d'écrire un livre sur toi !

Grand-père se renfrogna aussi sec. Déborah était en train de tout gâcher.

— Un livre sur moi ? Mais que pourriez-vous raconter sur moi ? Je ne vois pas du tout ce qui pourrait vous intéresser dans ma vie.

— Mais si, grand-père ! insista Déborah. Déjà l'autre jour quand tu nous as raconté des choses de la guerre, ça nous a passionnés, Simon et moi. Surtout que moi, je veux être historienne plus tard, alors il faut que je récolte un maximum de témoignages.

— Ne m'avais-tu pas dit que tu voulais être journaliste ? s'étonna grand-père.

— Euh... oui, mais j'ai changé d'avis.

— Et toi, Simon, veux-tu toujours être avocat ?

— Oui, grand-père. Comme toi.

— Bien ! fit grand-père, plus satisfait de ma réponse que de celle de Déborah. Quant à toi, ma chérie, je crois que tu as frappé à la mauvaise porte pour ton bouquin. Je ne peux t'être d'aucune aide. Et de la guerre, c'est à peine si je m'en souviens.

Là, il était évident que grand-père mentait. Mais il faut dire que Déborah avait agi sans la moindre diplomatie. Ce n'était pas de cette façon-là que l'on amènerait grand-père à nous parler d'Anna. Le problème était que nous ne connaissions pas la bonne façon de l'y amener.

En attendant de trouver une solution, nous

reprîmes la lecture du cahier. Ce fut Déborah qui s'y attela.

Un jour, Anna arbora une étoile jaune qu'elle avait cousue sur sa robe, du côté gauche[3]*. Cela ne changea en rien son attitude. Cela n'effaça ni son sourire, ni sa bonne humeur, ni n'altéra sa joie de vivre. Elle portait l'étoile infâme comme on l'eût fait d'un bijou ou d'un colifichet. Moi, je ne pus m'empêcher d'éclater en sanglots dès que je l'eus quittée. Du haut de l'escalier, Anna m'entendit.*

— Pleure pas Jacques ! me cria-t-elle par-dessus la rampe, c'est pas important, ça ! Ce qui est important, c'est la vie. Bientôt notre anniversaire. Ça c'est important, tu comprends ? Et puis, c'est joli l'étoile de David. C'est l'étoile des Juifs. C'est l'étoile qui ornait le bouclier du roi David, le roi des Juifs. Parce que avant, il y a très longtemps, les Juifs avaient des rois. Et leur royaume s'appelait Jérusalem.

Merveilleuse Anna qui me consolait, moi qui me sentais si coupable de l'affront qu'on lui faisait !

---

3. Huitième ordonnance du 29 mai 1942 : « Il est interdit aux juifs, dès l'âge de six ans révolus, de paraître en public sans porter l'étoile juive. L'étoile juive est une étoile à six pointes ayant les dimensions de la paume d'une main et les contours noirs. Elle est en tissu jaune et porte, en caractères noirs, l'inscription JUIF. Elle devra être portée bien visiblement sur le côté gauche de la poitrine, solidement cousue sur le vêtement. » (Source : André Kaspi, *Les Juifs pendant l'Occupation*, éditions du Seuil, 1991.)

Quand je lui remis le carton d'invitation pour notre soirée d'anniversaire, Anna battit des mains.

— J'ai cousu très jolie robe. Mais c'est surprise ! Je te montre pas ! Et cette année, moi aussi cadeau pour toi, même si cela se fait pas ici.

Nous étions le 15 juillet. Il faisait chaud. Nous sommes restés longtemps assis sur les marches ce soir-là. Je lui récitai des poèmes de Victor Hugo et de Verlaine. Je lui avais fait découvrir mes auteurs préférés, Stendhal, Lamartine, Balzac. Souvent, le soir, je lui lisais de longs extraits des livres que j'avais aimés, Le Rouge et le Noir, *notamment, qui était de loin mon préféré. Elle ne s'intéressait pas vraiment à notre littérature mais elle prenait grand plaisir à m'écouter lire. Elle connaissait bien la littérature russe et quelques rares auteurs français qu'elle avait lus en Pologne. Elle me racontait très souvent des contes juifs. Elle en connaissait une multitude. Et de l'écouter me les raconter dans son accent chantant et son français pittoresque était un vrai bonheur.*

— J'aime français, disait-elle. Jolie langue. Un jour, peut-être, avait-elle ajouté en soupirant, moi parler, lire et écrire français, comme toi. J'aime poésie aussi. Chez nous beaucoup très beaux poèmes tristes. J'aime poèmes tristes.

Et moi, je t'aimais Anna. Je t'aimais tant !

12

L'ARRESTATION

Déborah fut incapable de poursuivre le récit. Elle me demanda de le faire à sa place.

— Moi, je peux plus, me dit-elle. C'est trop dur !

Je lui pris le cahier, un peu tremblant, les mains moites. Nous savions tous les deux que nous arrivions à la fin. Et cette fin-là, ni l'un ni l'autre n'avait le courage de l'affronter. Il me fallut poursuivre, pourtant.

Je crois avoir été parmi les premières personnes réveillées de l'immeuble, à l'aube de ce 16 juillet 1942. Notre appartement était situé au premier étage, côté rue. Tout s'est passé très vite. Un effroyable vacarme, des coups violents frappés aux portes, des cris de femmes, des pleurs d'enfants, des ordres aboyés, hurlés. Ahuri, je sortis sur le palier en pyjama. Des hommes en civil, que je pris d'abord pour des Allemands, avaient envahi l'immeuble. Très vite, je me rendis compte de ma méprise. Ces hommes étaient français. Des policiers français. Je m'aperçus alors qu'il y avait aussi des policiers en tenue.

— Salauds ! me mis-je à hurler.

Mon père sortit alors sur le palier, m'agrippa et me fit rentrer de force. J'étais pétrifié. J'entendais les policiers forcer les portes, entrer dans les appartements et ordonner à leurs occupants de faire leurs valises et de les suivre. Il y avait beaucoup de locataires juifs dans l'immeuble et dans le quartier. Et tandis que mes parents étaient tous deux affalés sur le canapé, abattus, je m'échappai à nouveau. C'est alors qu'en haut de l'escalier apparurent Anna, Joseph et leur mère. Anna portait une magnifique robe bleue, du même bleu que ses yeux, du même bleu aussi que les pierres des boucles que je lui avais offertes et qu'elle portait aux oreilles. Raide, digne, royale, elle descendit l'escalier, son regard planté dans le mien. Arrivée à ma hauteur, elle murmura :

— Bon anniversaire, Jacques ! Ton cadeau là-haut.

Puis elle m'offrit son merveilleux sourire.

Et le sourire d'Anna, ce matin-là, me brisa le cœur à jamais.

— Anna, lui dis-je en lui saisissant le bras, ne pars pas ! Viens chez moi, je te cacherai ! Anna, ne pars pas, je t'en supplie !

— Pas possible Jacques. Moi partir avec ma famille.

— Mais où vous emmènent-ils ?

— Je sais pas, Jacques.

— Où les emmenez-vous ? hurlai-je alors à l'intention d'un des hommes qui fermaient la marche.

— Te mêle pas de ça, petit ! T'es pas concerné, alors fiche le camp ! Rentre chez toi et va te recoucher !

Je rentrai effectivement chez moi, non pas pour me recoucher comme ce crétin me l'avait conseillé, mais pour m'habiller. J'avais la ferme intention de suivre Anna là où elle irait, là où ils l'emmèneraient. Mon père ne m'en laissa pas la possibilité. Il referma la porte d'entrée à clé et me dit :

— Tu ne peux rien pour elle, Jacques ! Nous ne pouvons rien ni pour elle, ni pour les autres. Le monde est devenu fou. L'humanité tout entière est devenue folle. Mais qu'y pouvons-nous ? Que sommes-nous ?

Papa s'assit sur le canapé et se prit le visage dans les mains. Accablé de son impuissance.

Je courus à la fenêtre. Une longue colonne s'était formée dans la rue. J'y repérai Anna dans sa robe bleue. Elle me vit, posa sa main droite sur son cœur puis la porta à ses lèvres et m'envoya un baiser. Quand la colonne se mit en marche, je ne quittai pas Anna des yeux. Elle ne fut bientôt plus qu'une petite tache bleue s'éloignant inexorablement.

Je m'écroulai en larmes dans les bras de maman.

— Pleure, mon petit, pleure ! me dit-elle en me caressant les cheveux. Il n'y a rien d'autre à faire que pleurer et espérer que ces pauvres gens s'en sortiront.

Plus tard dans la matinée, je montai jusqu'au petit appartement. À chaque étage traversé s'offrit à mes yeux le plus sombre des spectacles. Vision affligeante aperçue dans l'entrebâillement des portes laissées pour la plupart ouvertes dans la précipitation du départ : chaises renversées, tiroirs béants, linge éparpillé. Je poursuivis mon ascension vers le dernier étage en regardant droit devant moi, cette fois. La clé était sous le paillasson. Sur le lit défait, je trouvai un petit paquet emballé dans un morceau de tissu bleu, le tissu de la robe d'Anna. Je l'ouvris, les mains tremblantes et glacées. J'y trouvai un livre à la couverture de cuir marron. C'était un vieux recueil de poèmes de Victor Hugo. Sur la page de garde, Anna avait inscrit : BON ANNIVERSAIRE, JACQUES. C'était signé: Anna, le 16 juillet 1942. Sur la table, Anna avait laissé le ticket que nous avait remis le photographe pour retirer la photo que

79
blanchisserie

nous avions prise ensemble quelques jours auparavant. Je le glissai dans le livre et refermai la porte à clé, derrière moi.

Dans l'après-midi, je réussis à tromper la surveillance de ma mère et décidai d'aller traîner du côté du gymnase Japy. J'avais entendu la concierge dire qu'on les emmenait là-bas.

En descendant, je trouvai le quartier extrêmement calme, comme si rien ne s'était passé, alors que quelques heures à peine auparavant, il avait été le cadre d'une telle horreur, de tant de pleurs d'enfants, de cris de femmes et de larmes de vieillards, emmenés de force au petit matin pour une destination inconnue. Quelques commères discutaient paisiblement, de la pluie et du beau temps, pensai-je, alors que j'étais déchiré par l'arrestation d'Anna, des siens et de tous les autres, arrêtés, par les nôtres, des Français, des policiers français. Quelques-uns d'entre eux sillonnaient encore les environs, espérant sans doute trouver quelques juifs qui seraient passés au travers des mailles du filet. C'est alors que je vis ce vieil homme, que l'on venait effectivement d'arrêter. Il marchait d'un pas lourd, la tête baissée, le dos voûté, comme écrasé de désespoir, encadré par deux policiers. Je fus pris d'une rage immense, mais je n'avais pas le temps de m'attarder. Il me fallait impérativement retrouver Anna.

Arrivé au gymnase, malgré plusieurs tentatives, je ne réussis pas à voir Anna et sa famille, des bus les avaient tous emmenés au Vélodrome d'Hiver, rue Nélaton dans le XVe *arrondissement. Dans le métro qui m'y conduisait, je trépignais d'impatience et ne pouvais davantage contenir mes larmes, sous l'œil indifférent des usagers, de ces Parisiens pour qui la vie continuait, pour qui ce jour n'était en rien différent de tous les autres jours, alors que ma vie à moi venait d'être irrémédiablement bouleversée.*

Je ne les revis jamais plus. Non, jamais plus je ne revis Anna.

À la fin de la guerre, pendant plusieurs mois, j'ai attendu son retour, hantant les gares où arrivaient les rescapés, l'attendant pendant des heures à l'hôtel Lutetia où arrivaient les déportés rescapés, passant des petites annonces dans les journaux. Mais ni Anna, ni son frère, ni sa mère ne sont revenus.

Déborah pleurait à chaudes larmes. Moi, j'essuyais les miennes sans parvenir à les arrêter.

C'était ça, l'histoire de grand-père. La plus belle histoire d'amour du monde, comme dit Déborah.

— Qu'est-ce qu'on fait, maintenant ? me demanda-t-elle au bout d'un moment.

— Je ne sais pas.

— Tu crois pas qu'on devrait remettre ce cahier à ta mère et tante Noémie ? Elles ont le droit de savoir, elles aussi.

— Sans la permission de grand-père ? Je sais pas si c'est une bonne idée. Gardons le cahier pour l'instant ! Rien ne presse. On verra plus tard.

13

Recherches

Les jours suivants, nous fûmes d'humeur morose, refusant de nous joindre aux jeux des autres, refusant même à grand-père ses parties de nain jaune.

— Mais que sont ces têtes que vous nous tirez, tous les deux ? demanda tante Dora, la maman de Déborah qui nous avait rejoints avec l'oncle Daniel, à la Datcha. Quand je faisais la tête ainsi, quand j'étais petite, mon père disait: « Elle fait sa tête de Tishe B'ov. »

Grand-père sursauta en même temps que nous, et nos trois regards convergèrent vers Dora.

— Tishe B'ov ? demanda Déborah.

— Oui, Tishe B'ov. C'est la traduction yiddish de *Tisha be Av* qui, en hébreu, signifie le neuf du mois d'Av. Cette date-là commémore la destruction du

Temple. C'est un jour de deuil et de jeûne. C'est comme on dit en français, faire sa tête de carême, si tu veux.

Grand-père soupira. Pour lui, ce mot-là rappelait Anna, mais seuls Déborah et moi le savions.

Les vacances d'été tiraient à leur fin. Chacun s'apprêtait à rentrer à Paris. Avec Déborah, nous avions décidé de remettre le cahier à sa place, dans le carton. Nous n'avions pas trouvé le moyen d'en parler à grand-père. On se promit d'y réfléchir, chacun de son côté.

L'histoire d'Anna me hantait. Je n'arrivais pas à comprendre comment des personnes pouvaient disparaître de la surface de la terre sans y laisser la moindre trace.

C'était pourtant le cas pour Anna et pour des millions d'autres. J'avais du mal à l'imaginer morte. Je me disais que peut-être Anna avait réussi à s'en sortir et vivait heureuse et mariée quelque part ailleurs. Déborah n'y croyait pas du tout, elle.

— Elle serait revenue rue du Chemin-Vert si elle avait été en vie, me fit-elle remarquer.

Je savais qu'elle avait raison, mais j'avais tant de mal à admettre qu'Anna avait péri dans les chambres à gaz d'un camp d'extermination nazi.

Cette année-là, je passai mon temps à faire des recherches sur la Seconde Guerre mondiale. Je passais des heures au CDI, à la médiathèque, dévorant chaque document, les photocopiant, les rangeant ensuite dans des dossiers qui devenaient de plus en plus volumineux.

J'étais incapable d'expliquer pourquoi, mais je ne pouvais m'empêcher de collectionner tout ce qui avait trait à cette époque et plus particulièrement à l'histoire des juifs durant cette période. J'étais littéralement hanté par Anna, la photo d'Anna, et la place qu'elle avait tenue dans la vie de mon grand-père.

Le temps passait mais la volonté de changer la fin de cette histoire me taraudait inlassablement.

Et ce fut lors d'une de ces longues plages de réflexion consacrée à Anna et mon grand-père que je fus soudain traversé par une idée de génie.

— Internet ! hurlai-je. On va passer une annonce de recherche sur Internet !

— Que comptes-tu mettre dans ton annonce ? me demanda Déborah aussitôt appelée.

— Euh, eh bien la même chose qu'avait mis grand-père. Sauf que là, ça pourra être lu dans le monde entier.

— Et comment tu vas faire pour que ce soit lu dans le monde entier ?

— Je vais répertorier tous les sites juifs qui contiennent une rubrique « recherche » et j'y mettrai l'annonce. Voilà !

— Bon, admettons ! Mais je te rappelle qu'Anna doit avoir soixante-quinze ans aujourd'hui, si elle est encore en vie. Tu crois qu'une mamie de soixante-quinze ans passe ses journées à surfer sur Internet ?

— Non, bien sûr, mais elle a peut-être des enfants ou des petits-enfants qui passent leurs journées à surfer sur Internet.

— Ouais ! fit Déborah vraiment dubitative. Essaie, mais j'y crois pas à ton truc. Et admettons que nous la retrouvions, Anna, qu'est-ce qu'on dit à grand-père ? Qu'on lui a retrouvé Anna, son amour de jeunesse, qu'il croyait perdue à jamais? Et alors, il va forcément demander d'où on la connaît, Anna. Et qu'est-ce qu'on lui répond, alors ? Qu'on a fouillé dans ses affaires, qu'on a trouvé son journal et qu'on s'est pas du tout gênés pour le lire ?

Déborah avait raison. Comment nous sortir de cette histoire-là ?

— Je crois que le moment est venu de parler à tante Noémie, à ton père et à ma mère du journal.

— Si tu veux, me répondit Déborah. Mais tu t'en charges ! Et d'abord, il faut le récupérer à la Datcha.

— C'est fait ! Je l'ai repris le week-end dernier et l'ai rapporté à la maison. Je m'étais dit que ça valait mieux.

14

Aveux

Ce n'était vraiment pas chose facile que de tout dire à maman. Pourtant, je n'avais pas vraiment le choix puisqu'il n'était pas question pour moi d'en rester là, dans cette histoire. Je voulais retrouver Anna. J'étais parfaitement conscient que mes chances étaient infimes, voire nulles. Mais je savais aussi que si je n'essayais pas, je me le reprocherais toute ma vie. À partir de là, il me fallait vraiment l'aide de maman pour ne pas agir n'importe comment, et surtout pour ne pas blesser grand-père.

Nos moments de tête à tête étaient assez rares. Grand-père vivait avec nous et sortait très rarement. Le soir, quand maman rentrait du bureau, il aimait s'installer avec elle dans la cuisine, l'aidant par-ci, par-là, ou l'écoutant lui raconter sa journée.

Il me fallut plusieurs jours pour arriver à la prendre à l'écart.

— Maman, il faut absolument que je te parle.

Maman sourit.

— Tu t'es enfin décidé à me parler d'Anna ? me demanda-t-elle avec une pointe de malice dans la voix.

— D'Anna ?

— Oui. De cette fille de ta classe qui est amoureuse de toi...

Je poussai un profond soupir. J'avais oublié cette histoire.

— Non, maman. Il n'y a aucune fille de ma classe qui s'appelle Anna et qui est amoureuse de moi.

— Ah bon ? Mais alors...

Maman me regarda.

— Simon, de quoi veux-tu donc me parler ?

— Chut ! Ne parle pas si fort. Grand-père pourrait t'entendre.

— Viens ! Allons dans ta chambre ! me dit-elle en me prenant par le bras.

Elle s'installa sur mon lit, croisa les bras et me fit :

— Je t'écoute.

Par quoi commencer ? Comment lui présenter les choses ?

— Celle dont je veux te parler, c'est Anna de grand-père, lui dis-je presque dans un murmure. Cet été, comme il pleuvait tout le temps et que je m'ennuyais, je suis monté fouiner un peu dans le grenier de la Datcha. J'y ai trouvé les albums photos de grand-père. Et dans un de ses albums, il y avait une photo de lui et d'une jeune fille très belle; au dos de la photo, j'ai vu que la jeune fille s'appelait Anna.

— C'est tout ?

— Non. Cette photo nous avait intrigués, Déborah et moi. Alors, on a poussé nos recherches un peu plus loin et on a trouvé un cahier qui avait appartenu à grand-père. Une sorte de journal, un récit plutôt.

— Et alors ? me demanda-t-elle d'un ton impatient.

— Alors le voilà ! lui dis-je en sortant du tiroir de mon bureau le cahier et la photo.

Maman semblait bouleversée. Je vis ses mains trembler en regardant la photo. Puis elle ouvrit le cahier et se mit à lire. J'étais assis en face d'elle et j'attendais. À plusieurs reprises, elle essuya ses larmes de la main, puis les laissa couler.

Quand elle eut fini sa lecture, elle était pâle et complètement désemparée.

— Mon Dieu ! finit-elle par dire. Mon Dieu !

— Je sais qu'on a été très indiscrets, Déborah et moi, mais on n'a pas pu s'en empêcher.

Maman me regarda et ne releva pas ma remarque. Elle ne m'avait visiblement pas écouté.

— Écoute, tu diras à papa quand il rentrera que je suis allée chez Noémie car elle ne se sentait pas très bien. Il faut que je lui montre ça. Il faut aussi que j'en parle à Daniel. C'est terrible, cette histoire. Terrible.

Dès que maman fut sortie, je me précipitai sur le téléphone pour prévenir Déborah.

— Elle n'a pas crié ? me demanda-t-elle, surprise.

— Non, pas du tout. Elle était bouleversée.

— J'espère que je vais pas m'en prendre une, moi !

— Non, je ne pense pas. Je crois qu'ils seront contents de cette découverte. Enfin, j'espère.

— Et tu lui as parlé d'Internet ?

— Non, j'ai pas eu le temps.

— Et s'ils ne veulent pas qu'on la retrouve, Anna ?

— Je ne vois pas pourquoi ils ne voudraient pas.

— Bon, ben, on se tient au courant, alors ?

— Ouais, à plus, Déborah.

Je passai le reste de la soirée entre papa et grand-père, qui remarqua ma nervosité.

— Qu'est-ce qui se passe, Simon ? Tu ne m'as pas l'air dans ton assiette, ce soir.

— Tout va bien grand-père. C'est juste que j'ai des contrôles en ce moment et je suis un peu stressé, voilà !

Papa me regarda l'air peu convaincu. Ce n'était pas vraiment mon genre de stresser pour un contrôle. Il le savait.

Quand maman rentra, grand-père était déjà couché. Pas moi ; il n'était pas question que je m'endorme avant son retour.

— Alors ? lui demandai-je, ne sachant pas trop quel genre de question je voulais lui poser.

— On peut m'expliquer ce qui se passe dans cette maison ce soir ? demanda papa.

— Oui, on peut, répondit maman. Mais je croyais que Simon t'avait expliqué.

— J'ai pas pu. Il y avait grand-père ! me défendis-je.

Maman raconta à ma place. Papa semblait bouleversé, lui aussi.

— Et que comptez-vous faire maintenant ? demandai-je timidement, craignant la foudre.

— On ne sait pas, répondit maman. Noémie, Daniel et moi, nous hésitons. Faut-il en parler à grand-père ? Nous pensons que cela n'est pas utile. Cela ne changerait rien et ne ferait que raviver de vieilles souffrances. Nous sommes néanmoins heureux d'avoir découvert cette histoire. Nous aurions certes préféré tous les trois que ce soit notre père qui nous en parle, mais il ne l'aurait jamais fait. Alors que ce soit vous, les enfants, qui l'ayez découvert, ce n'est pas plus mal, après tout. Je comprends à présent ton intérêt soudain pour la Seconde Guerre mondiale. C'est une belle façon que celle-là pour apprendre l'histoire, notre histoire.

— Vous n'êtes pas fâchés, alors ?

Maman me passa la main dans les cheveux et m'embrassa.

— Non. Pas fâchés, me répondit-elle.

Je poussai alors un immense soupir de soulagement. À présent, je pouvais sans crainte lui faire part de mes projets.

Papa et maman me regardaient, interloqués.

— Tu veux rechercher Anna sur Internet ? me

demanda papa. Mais pourquoi ? Et pour quoi faire ?

— Parce que Déborah et moi, on n'aime pas les histoires d'amour qui finissent mal.

Maman sourit, attendrie.

— Mais mon bébé – elle aimait bien m'appeler mon bébé –, c'est de la folie douce, de l'utopie pure et simple.

— Peut-être, mais on peut essayer, non ?

— Simon, me fit papa, je ne veux pas te décourager, mais sache qu'une telle entreprise est sans doute vouée à l'échec. Et puis, je ne pense pas que ce soit une bonne idée.

Il n'était pas question pour moi d'y renoncer et maman le comprit.

— Soit ! fit-elle enfin, mais ne sois pas déçu si tu ne reçois aucune réponse de nulle part.

— Et admettons qu'on la retrouve, fit alors papa, que se passera-t-il ?

Maman me jeta un regard indécis.

— Je ne sais vraiment pas quoi te dire, finit-elle par répondre. Il faut que je demande leur avis à Dan et Noémie.

— D'accord. Mais fais vite, maman, car je voudrais passer l'annonce dès demain !

15

La maladie de grand-père

Déborah fut ravie de la tournure que prenaient les événements. Elle était à présent totalement enthousiaste à l'idée de retrouver Anna par Internet.

Dès le lendemain, après la classe, nous entreprîmes de sélectionner tous les sites susceptibles d'être consultés par des juifs du monde entier. Nous fûmes surpris de leur nombre. Il nous fallut faire un choix. Ce qui n'était vraiment pas chose facile. Papa nous conseilla de cibler un site américain, un site canadien anglophone, un canadien francophone, un israélien et un français. Pour les sites américain, canadiens et israélien, il nous aida à rédiger l'annonce en anglais. Finalement, toute la famille adhérait à mon idée. Papa, maman, mes oncles et tantes, cousins et cousines. L'enthousiasme était général. Nous échafaudions maints et maints scénarios de retrouvailles entre Anna et grand-père. Et je crois que tous, sans exception, adultes et enfants, croyaient désormais dur comme fer à mon projet. Tous, sauf grand-père, bien sûr, que nous n'avions pas mis dans la confidence. Il nous fallait être prudents et discrets, pour ne surtout pas éveiller chez lui la moindre curiosité au sujet de ce qui se tramait dans son dos.

Je passai donc mes annonces, expliquant bien qu'il s'agissait d'une personne recherchée jadis par mon grand-père et jamais retrouvée.

Les jours passèrent. Chaque soir, en rentrant du collège, je me précipitais sur mon ordinateur pour vérifier mon courrier. Mais ma boîte aux lettres restait désespérément vide. J'aurais dû m'y attendre. Maman avait eu raison : il était pratiquement impossible de retrouver Anna.

Puis grand-père tomba malade. Il passa presque tout l'hiver alité. Une maladie qui n'avait pas de nom. Les médecins s'étaient succédé à son chevet, on l'avait hospitalisé à trois reprises, fait passer les examens médicaux les plus divers et, malgré tout cela, personne n'était capable de donner un nom à sa maladie. Quand on lui demandait de quoi il souffrait, il soupirait longuement et répondait invariablement qu'il était fatigué, très fatigué, ce qui avait le don d'exaspérer maman qui lui répétait sans cesse qu'en tout et pour tout il n'avait que soixante-quinze ans, que ce n'était pas vieux du tout, qu'il avait encore de longues années devant lui… Pour moi, soixante-quinze ans me paraissait être un âge avancé, même s'il est vrai qu'avant sa maladie, il ne les faisait pas du tout. Il était robuste, énergique et plein de vitalité. Je ne m'étais d'ailleurs jamais posé la question de son âge. Grand-père était là, il l'avait toujours été et le serait toujours. Et puis, il ne fallait surtout pas qu'il s'en aille maintenant. Déborah et moi ne pouvions l'envisager. Pourtant, il se laissait sombrer. Comme s'il n'avait plus vraiment envie de vivre.

— Grand-mère nous manque déjà tellement à tous, me dit maman en essuyant une larme. Ce serait trop dur s'il partait à son tour.

Il est vrai que même si nous évitions d'en parler, grand-mère nous manquait. Maman avait raison. L'image de grand-mère, je la portais en moi, sans jamais m'en défaire, aussi légère que le parfum à la violette dont elle imbibait ses mouchoirs. Grand-mère, si menue et si frêle en apparence, alors qu'elle était plutôt du genre à soulever les montagnes et à toujours parvenir aux buts qu'elle se fixait.

— Il faut te battre, dis-je à mon grand-père, un après-midi où je le trouvai particulièrement pâle et fatigué.

Je me suis alors assis au bord de son lit et là, je ne sais plus très bien ce qui s'est passé, mais j'ai éclaté en sanglots et lui ai tout raconté. La photo, le cahier… tout. Et même l'annonce passée sur Internet.

Grand-père, les yeux mi-clos, semblait m'écouter, attentif.

Tout à coup, il se redressa et me demanda:

— Qu'est-ce que c'est, Internet ?

J'en fus cloué sur place.

— Simon, qu'est-ce que c'est exactement, Internet ? insista-t-il, dressé sur son séant, cette fois.

— C'est… Avec l'ordinateur, on…

J'étais incapable de le lui expliquer, là, en quelques mots et dans de telles circonstances.

— Montre, alors ! me lança-t-il en se levant.

Et sans prendre le temps d'enfiler sa robe de chambre et ses chaussons, il me saisit par le bras, m'entraîna jusqu'à ma chambre, se planta devant mon ordinateur et me répéta :

— Montre !

Il fallut tout lui expliquer dans les détails.

Ce soir-là, quand papa et maman rentrèrent du travail, ils nous trouvèrent tous les deux devant l'ordinateur. Les joues de grand-père avaient repris des couleurs et ses yeux pétillaient d'excitation.

— Tu sais quoi, Sarah, dit-il à ma mère, ce petit là va retrouver Anna. On peut dire que vous m'avez bien eu, tous autant que vous êtes ! Et moi qui croyais qu'Anna n'appartenait qu'à ma seule mémoire. Et voilà que toute la famille la connaît, à mon insu, qui plus est ! J'avais complètement oublié l'existence de ce cahier.

Maman fondit en larmes. Papa courut prévenir le restant de la famille qui débarqua aussitôt, oncles, tantes, cousins et cousines.

Grand-père consola maman.

— Pleure pas, ma fille, lui dit-il. Je ne vous en veux pas. Je suis même content que grâce à Simon et Déborah vous ayez été mis au courant de ce drame qui n'a jamais cessé de me hanter. Pourtant, j'ai voulu à plusieurs reprises me confier à ta mère et puis à vous aussi, mes enfants, mais c'était plus fort que moi, je n'arrivais pas à parler d'elle, je n'arrivais même plus à prononcer son nom. J'étais très jeune quand j'ai connu Anna. Jeune, timide et terriblement romantique. Je crois que le plus dur pour moi fut de la perdre dans ces circonstances-là : je me sentais terriblement coupable envers elle.

Coupable de l'avoir laissée partir, coupable de n'avoir rien pu faire. Et je me le reproche encore aujourd'hui. Qui sait si nous aurions continué à nous aimer ? Régine, je l'ai aimée de tout mon cœur, mais sans jamais le lui dire, sans jamais le lui prouver.

— Elle savait pourtant combien tu l'aimais, réussit à dire maman au travers de ses larmes.

Grand-père baissa la tête et se tut.

16

Quand Anna riait

La pâque juive approchait. Maman et toutes les femmes de la famille se mirent au travail. Et le fumet des jours de fête emplit la maison. C'était la toute première fois que nous passerions la pâque sans grand-mère. Avec elle, grand-père avait appris à célébrer les fêtes juives. Peu à peu, il y avait pris goût et même infiniment plus de plaisir à voir, au fil des ans, la famille de plus en plus grande réunie autour de la table. Malgré le départ de grand-mère, il voulut continuer comme avant.

Et quand le soir, à table, cette année-là, Déborah, la plus jeune des enfants, posa la question rituelle : « En quoi cette nuit-ci est-elle différente de toutes les autres nuits ? », la réponse chantée s'étrangla quelque peu dans la gorge de chacun des convives. Nous pensions tous à grand-mère, tellement, mais tellement absente.

Maman et ma tante Noémie avaient mis un point d'honneur à ce que cette fête fût à l'identique de toutes les précédentes. Grand-mère leur avait depuis longtemps livré les secrets culinaires de chacun des mets servis, mais c'était la première fois qu'elles les préparaient seules. Aussi avaient-elles attendu, toutes deux, le verdict de grand-père avec impatience.

— Ça sent très bon ! dit-il en humant par-dessus la casserole.

— Il faut goûter, papa, lui dit maman en lui tendant une fourchette avec un petit morceau de carpe farcie.

— C'est... très très bon ! dit alors grand-père en mâchant lentement. C'est vraiment très bon.

Et elles avaient toutes deux rougi comme des petites filles.

Et grand-père avait ri. D'un bon rire franc. Je me dis alors qu'il était guéri et que c'était un petit peu grâce à moi.

À la fin du repas, je décidai de rendre une petite visite à la boîte aux lettres de mon ordinateur.

Et ce fut là, à cet instant précis, que le miracle se produisit.

« Vous avez du courrier ! » me dit une petite voix joyeuse.

Mon cœur se mit à battre par à-coups violents. Et je pus alors lire :

Shalom,

Je m'appelle Yaël Shapira. J'ai quatorze ans. Je vis à Jérusalem. Et ma grand-mère, Anna Feigenbaum, habitait bien rue du Chemin-Vert pendant la guerre. Je ne lui ai pas encore dit que ton grand-père la recherchait. Elle nous a beaucoup parlé de lui, à nous, ses petits-enfants. Elle est sortie vivante d'Auschwitz. Mais sa mère et son petit frère n'ont pas survécu. Elle a été d'abord placée dans un home d'enfants juifs orphelins de guerre. De là, elle est partie directement en Palestine, en 1948. Elle ne voulait pas rester en France. Il lui a fallu beaucoup de temps pour reprendre goût à la vie. Puis elle a voulu oublier tout ce qui la rattachait à son passé douloureux. Il y a cinq ou six ans, à l'occasion d'un voyage en Europe, elle a voulu revenir à Paris, rue du Chemin-Vert. Mais plus personne ne se souvenait ni d'elle, ni même de ton grand-père. Elle était triste. Elle disait qu'il devait la croire morte et qu'elle aurait dû donner de ses nouvelles, juste après la guerre. Mais à cette époque, elle en fut incapable. Je ne sais pas très bien comment je vais lui annoncer que ton grand-père la recherche. Mais je lui dirai bientôt. En attendant je te souhaite une excellente fête de Pâque, à toi et à toute ta famille qu'il me tarde de connaître.

Tel était le message qui s'était affiché sur mon écran. Et en français, en plus.

J'étais muet devant mon ordinateur. Incapable de bouger, pétrifié sur place.

— Simon ! Simon ! cria Déborah. Mais qu'est-ce que tu fiches ? Tout le monde s'en va.

Me voyant ainsi devant mon ordinateur, Déborah s'approcha. Elle avait compris. Elle lut le message à son tour. Elle me prit la main qu'elle serra très fort. Quand Clara et Noa arrivèrent pour nous rappeler à l'ordre, elles comprirent elles aussi qu'une réponse était arrivée.

— Elle a répondu ? demandèrent-elles en chœur.

On ne put qu'acquiescer en hochant la tête.

Clara alla chercher maman. Moins de cinq minutes plus tard, toute la famille se pressait dans ma chambre. Grand-père était blême. Il chaussa ses lunettes, se plaça devant l'écran et lut le message à voix haute. Puis, lentement, il ôta ses lunettes, les replaça sur son nez et recommença une nouvelle fois la lecture. Enfin, il se tourna vers moi, me prit dans ses bras et me dit :

— Simon, cela fait cinquante-six ans que j'attends ce moment. Juste savoir qu'elle est vivante. Et c'est toi qui me l'as offert.

Tout le monde pleura. Même les hommes. Et moi plus encore que tout le monde.

Quelques semaines plus tard, toute la famille au grand complet se rendit à l'aéroport pour y accueillir Anna et Yaël, sa petite-fille.

On vit d'abord Yaël. Et l'on fut tous frappés par la ressemblance avec la jeune fille de la photo. Puis nos regards se portèrent sur la très jolie vieille dame aux cheveux blancs comme neige qui se trouvait à ses côtés et qu'elle tenait par le bras. C'était Anna. Elle regarda grand-père qui n'avait d'yeux que pour elle. En tendant les deux mains vers lui, Anna se mit à rire.

Et quand Anna riait, c'était vraiment le soleil en prime.

TABLE DES CHAPITRES

Je suis née à Paris en 1952. Après avoir passé mon enfance en Belgique, mon adolescence en France, et ma jeunesse en Israël, je reviens en France en 1984 avec enfants et mari pour m'y installer de manière définitive…

Un accident de voiture survenu en 1994 mettra fin à une carrière de plus de vingt ans dans le tourisme. Mettant à profit le temps d'une très longue immobilisation, je rédige mon premier roman *Un grand-père tombé du ciel*. Celui-ci remportera le prix du Roman Jeunesse 1996 du ministère de la Jeunesse et des Sports (Jury des jeunes) puis le Grand Prix du Jeune Lecteur de la PEEP en 1998 et le prix Sorcières, la même année. Depuis, c'est avec infiniment de plaisir et de bonheur que je me consacre à la littérature pour la jeunesse.

Yaël Hassan

DU MÊME AUTEUR
Aux éditions Casterman

collection Romans

UN GRAND-PÈRE TOMBÉ DU CIEL
Prix du roman jeunesse 1996
Prix Sorcières 1998
Grand Prix des jeunes lecteurs de la PEEP 1998
Prix des Mange-livres de Carpentras 1999
Prix du premier roman de Châlons-sur-Marne 1999
Prix du Jury et Prix des Lecteurs, Clamart, 2006
Prix du meilleur roman, Salon du livre de Jeunesse de St-Laurent-de-la-Salanque 2009

MANON ET MAMINA
Prix jeunesse de la ville de la Garde 2000
Prix Chronos Suisse 2000

QUAND ANNA RIAIT
Prix des écoliers de Rillieux-la-Pape 2001
Prix Tatoulu 2001
Prix du roman de Mantes-la-Jolie 2001
Prix de la ville de Lavelanet 2001

LE PROFESSEUR DE MUSIQUE
Prix Chronos Suisse 2001
Prix Saint-Exupéry 2001
Prix Chronos Littérature de Jeunesse 2002
Sélection du ministère de l'Éducation nationale (6e)
Grand Prix des jeunes lecteurs de la Librairie Nouvelle d'Orléans, 2014

UN JOUR, UN JULES M'@IMERA
Prix Julie des lectrices 2002
Prix de Beaugency 2002

LETTRES À DOLLY

DE L'AUTRE CÔTÉ DU MUR
Prix du Salon du livre de Limoges 2003

L'AMI

TANT QUE LA TERRE PLEURERA...

LA CHÂTAIGNERAIE
Prix des Embouquineurs, Brest 2006

LA BONNE COULEUR
Prix NRP Collèges 2006
Prix Gragnotte, Narbonne, 2007
Prix Littéraire Brivadois 2007

SUIVEZ-MOI-JEUNE-HOMME
Prix NRP Collèges 2007
Prix Chronos 2009
Prix Sainte-Beuve des collégiens du Nord-Pas-de-Calais, 2009
Prix Gragnotte de la ville de Narbonne, 2009
Prix My Mots, Collège Rambam-Maïmonide de Boulogne-Billancourt 2009
Sélection du ministère de l'Éducation nationale (6e)

ALBERT LE TOUBAB
Prix PEP Solidarité 2009 de Metz
Prix de la Vache Ki'Lit 2009 festival Au Bonheur des Mômes - Le Grand Bornand
Prix Livre-Élu 2009 (6e) du Collectif Lecture de Haute-Loire
Prix Kilalu 2010 d'Ivry-sur-Seine
Prix littéraire de la Citoyenneté 2010 du Maine-et-Loire

CUTIE BOY

LIBÉRER RAHIA
Prix « Collégiens lecteurs de Gironde » 2011

RUE STENDHAL
Prix Goya Découverte de Castres, 2012
Prix Grain de Sel de Tiffauges, 2012
Prix de l'Encre d'Or de Fouesnant, 2012
Prix Chronos, 2013
Prix du Livre Jeunesse d'Annemasse, 2013
Prix Vitamine du lycée Stendhal de Milan, 2014

SACRÉ HUGO !

M COMME...
Prix du Livre Jeunesse et Prix de la Présentation des collégiens de Marseille, 2015
Prix du Livre Jeunesse « Au fil des pages » organisé par la médiathèque de Bréhal (Manche), 2015

collection «Des enfants font l'histoire»

À PARIS, SOUS L'OCCUPATION

collection « albums Casterman»

DANS LA MAISON DE SARALÉ

AGLAÉ ET DÉSIRÉ

Du même auteur

Dans la collection
Romans poche

Dès 10 ans

Yaël Hassan

Manon et Mamina

– Je suis plutôt bonne fille, dans l'ensemble. Mais pas du genre à me laisser marcher sur les pieds. Je vais te leur mitonner une petite vengeance dont tu me diras des nouvelles !

Mamina, soixante-dix ans bien sonnés, n'a pas du tout envie de se laisser dicter sa conduite par sa famille rabat-joie.
C'est décidé, elle prend le large.
Mais sa rencontre avec Manon, petite fugueuse de onze ans, va bouleverser tous ses plans.

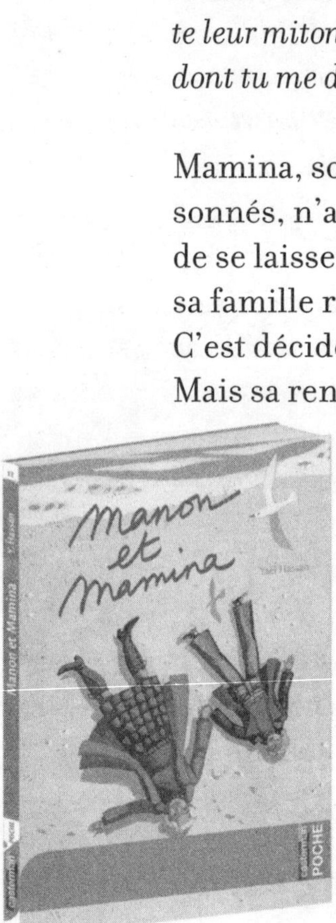

Une rencontre mi-fugue mi-raison.

Yaël Hassan

Albert le toubab

– Enfin, madame Zaïna ! Comment voulez-vous que je m'occupe d'une enfant ? Je n'ai aucune expérience en la matière… Ni la moindre envie, non plus. Trouvez-vous quelqu'un d'autre !
Albert se leva, mais un sanglot déchirant le fit se rassoir.

Pauvre Albert ! Lui qui menait une vie si tranquille avec son chat Hector, le voici forcé de s'occuper d'une fillette turbulente qui n'a pas sa langue dans la poche.
Et pauvre Memouna, qui doit échanger ses copains de la cité contre la compagnie de ce vieux grincheux ! La cohabitation promet d'être agitée…

Une rencontre explosive !

Yaël Hassan

Le Professeur de musique

— Quelque chose ne va pas, Simon ? s'inquiéta Bella.
— C'est sidérant, vraiment sidérant !
— Quoi donc ?
— Écoute bien la fiche que je vais te lire !...

Simon Klein n'en revient pas : un Choukri qui aime la musique, la grande, la « vraie », et qui compte sur lui, le vieux professeur usé, pour la connaître mieux... cela ressemble presque à un canular ! Mais Malik Choukri veut réaliser son rêve, apprendre le violon, même s'il doit pour cela sortir M. Klein de sa triste torpeur.

Concerto pour violons seuls.

Yaël Hassan
Un grand-père tombé du ciel

— Tu as un père à New York et je ne le savais pas ! Mais tu le cachais ou quoi ?
— C'est une longue histoire, Leah, ce n'est pas facile à raconter...

C'est ainsi qu'Alex Katz débarque dans la vie de sa petite-fille Leah, qui ignorait tout de ce lointain grand-père. Mais, protégeant farouchement ses secrets, le vieil homme se défend de l'amour que lui proposent les siens...

De l'histoire d'un vieil homme à la tragédie du peuple juif.

Yaël Hassan
L'Ami

— On s'écrira, on se donnera des nouvelles, hein ? fait Samir. Et même si on ne se voit pas pendant longtemps, on restera quand même frères, à la vie, à la mort.
— Oui, répond Pierre. Promis, juré, craché ! À la vie, à la mort.

Né sous X il y a dix ans, Samir a toujours vécu en foyer. C'est là qu'il a rencontré son ami Pierre, contraint de quitter sa mère, la belle Lili Lafleur. Mais un jour, leurs chemins se séparent : Samir est placé en famille d'accueil…

Une ode à l'amitié et à l'espérance.